Gisa Seeliger

Gilbys Versprechen

Ein Junge aus Midgard

und die

Prophezeiung der Götter

Gisa Seeliger

Gilbys Versprechen

Ein Junge aus Midgard

und die

Prophezeiung der Götter

Fantastisch Sagenhaftes aus

der nordischen Mythologie

Jugendroman

Impressum

Bibliografische Information der Deutschen Nationalbibliothek:
Die Deutsche Nationalbibliothek verzeichnet diese Publikation in der
Deutschen Nationalbibliografie; detaillierte bibliografische Daten sind
im Internet über http://dnb.dnb.de abrufbar.

Herstellung und Verlag: BoD – Books on Demand, Norderstedt

ISBN: 978-3-7557-6045-0

Inhalt

Vorspann

Beeindruckt besichtigt der zwölfjährige Alex mit seinem Vater das größte Küstenschutzbauwerk Deutschlands – das Eidersperrwerk in Schleswig-Holstein. Die doppelreihigen riesigen Fluttore flößen dem Jungen Respekt ein und kommen ihm fast unheimlich vor. In der Tiefe gurgelt wild das Wasser. Alex fragt seinen Vater, warum es gebaut wurde. Sein Vater erklärt, dass es die Eider schon seit hunderten Jahren gibt. Seither schlängelt sich der Fluss meist friedlich durch Schleswig-Holstein. Aber an dieser Stelle öffnet sich die Eider der Nordsee so breit und gefährlich, dass man der Einmündung den Namen „Das Schreckenstor" gab.

„Und so heißt es schon sehr lange", berichtet Alex Vater, „nämlich seit der Meeresriese Ägir Seefahrer in seine Unterwasserwelt riss."

Alex schaut seinen Vater skeptisch an. „Meeresriese! Gibt es doch gar nicht", lacht er.

„Wer weiß", sagt Alex Vater geheimnisvoll. „Ich erzähle dir die Geschichte."

Gilbys Weg zum Weltenbaum

Urgewaltig tobte das Nordmeer durch den fauchenden Wind. Aus der Tiefe peitschten die Wellen zum Himmel empor, als wollten sie sich mit den tief hängenden Wolken vereinen. Erbarmungslos prügelte das Meer sein Wasser durch das Schreckenstor in den Fluss Egidor.

Männer schafften Gefangene auf ein Boot, um sie Ägir zu opfern. Der Meeresriese musste beruhigt werden, bevor die Fluten immer weiter durch das Schreckenstor drangen und die Wassermassen alles überschwemmten und Siedlungen mit seinen Hütten, Menschen und Tieren mit sich riss.

Gilby und seine Mutter Sirid umklammerten sich, als sie mit ansahen, wie Andvari, Gilbys Vater, mit anderen Gefangenen ins Boot geschafft wurde. Ihre verzweifelten Schreie gingen im Tosen der Wellen unter. Das Salz ihrer Tränen vereinte sich mit dem Salz des Meeres auf ihren Lippen.

Gilby blickte zu seiner Mutter auf. „Weine nicht, Mutter. Ich bringe Vater zu uns zurück. Ich verspreche es."

Sirid schaute ihren Sohn traurig an und strich über seinen roten Schopf.

„Gilby, verspreche nicht, was du nicht halten kannst. Du hast deine Versprechen immer gehalten, doch dieses kannst du nicht erfüllen. Dein Vater kommt nach Hel. Ich erzählte dir von dem Totenreich."

Gilby ignorierte den Einwand. „Ich bringe Vater zurück. Ich verspreche es", betonte Gilby noch einmal und sah seine Mutter fest mit seinen stahlblauen Augen an.

Noch in der Nacht beruhigte sich das Meer. Ägir hatte seine Opfer bekommen und war zufrieden. Gilby schnürte am nächsten Morgen sein Bündel und verabschiedete sich von seiner Mutter. Sirid wollte ihren Sohn nicht gehen lassen, er war doch noch ein Kind mit seinen zwölf Wintern. Gilby sah das anders und fand, er war ein Nordmann. So machte er sich auf zu Yggdrasil, der Weltenesche. Ein Wanderer kam ihm entgegen.

„Wo willst du hin, Nordjunge?"

„Zum Weltenbaum. Ich muss die Asen treffen."

„Weißt du denn, wer die Asen sind?", fragte der Wanderer.

„Ja, das sind die Götter. Die wissen alles. Sie sollen mir helfen, meinen Vater zurück zu holen. Ägir hat ihn genommen."

„Ja, ja, der Ägir. Hm… ob die Asen dir da wirklich helfen können? Oder wollen? Wie ist dein Name, Nordjunge?"

„Gilby, mein Name ist Gilby."

„Gilby – ein guter Name. Er steht für Versprechen", bemerkte der Wanderer andächtig. „Hältst du denn deine Versprechen immer?"

„Ja, denn ich verspreche nur, was ich halten will." Der Wanderer schmunzelte. „Du meinst: kannst – was du halten kannst."

Gilby hob die Schultern. „Das weiß ich doch vorher nicht. Nur das man Versprechen halten soll, damit man mir vertraut. Deshalb versuche ich alles, um sie zu erfüllen."

Der Wanderer war beeindruckt und fragte sich, was so ein Nordjunge alles machen und wie weit er gehen würde. Dieser Gilby könnte ihm noch sehr nützlich sein.

„Weißt du denn, wer die Götter sind?", wollte der Wanderer wissen.

„Ja, einige kenne ich vom Namen her. Odin ist der Oberste, der Allvater. Dann gibt es noch Thor. Der macht Blitz und Donner mit seinem Hammer. Ich glaube, der Hammer heißt Mjölnir. Und Tyr. Der schützt uns vor den Riesen."

„Ja, das stimmt. Aber es gibt noch viele Götter mehr. Einer sorgt dafür, dass Versprechen gehalten werden. Das ist Uller."

Gilby bekam große Ohren. „Den muss ich finden. Wie macht der das?"

„Uller hat einen Ring, auf dem du einen Eid schwören kannst. So sorgt er dafür, dass du dein Versprechen einhältst. Wer aber sein Wort bricht, den wird Uller strafen."

„Das verstehe ich nicht", überlegte Gilby. „Wenn Uller dafür sorgt, dass ich Versprechen einhalte, kann ich sie doch gar nicht brechen."

„Du musst trotzdem selbst alles tun, um dein Wort zu halten. Wenn Uller will, unterstützt er dich vielleicht, solltest du in Schwierigkeiten geraten. Du musst wissen, Uller ist sehr zauberkundig."

„Oh", staunte Gilby. „Ich dachte, Götter können sowieso alles."

Der Wanderer lachte. „Schön wäre es. Aber leider ist es nicht so. Wenn du die Götter triffst und dein Anliegen vorträgst, wirst du es selbst merken."

Gilby senkte enttäuscht den Kopf. Konnten die Götter ihm doch nicht helfen? Doch sogleich richtete er sich wieder auf. Er wusste gar nicht, ob er dem fremden Wanderer überhaupt trauen konnte und würde es selbst feststellen.

Der Wanderer wirkte auf Gilby sehr ärmlich in seinen alten, zerrissenen Lumpen. Seinen großen Schlapphut hatte er tief ins Gesicht gezogen, so dass Gilby nur die Nase und den langen grauen Bart sah. Er bot ihm Brot und Ziegenmilch an, doch der Wanderer lehnte ab.

„Kennst du den Weg zu Yggdrasil?", erkundigte sich der Wanderer.

„Nein, meine Mutter hat mir aber von den Welten erzählt, die an Yggdrasil hängen. Wir Menschen leben in Midgard. Ich folge den Zweigen am Himmel. Wenn die Zweige zu Ästen werden, komme ich doch zum Stamm?"

„Deine Mutter ist eine weise Frau. Und du scheinst mir auch sehr klug. Du wirst erst zu Bifröst gelangen. Das ist die Regenbogenbrücke, die Himmel und Erde verbindet, also Asgard und Midgard."

„Davon hat meine Mutter mir auch erzählt", erwiderte Gilby. „Die Götter kommen über die Brücke und halten Rat am Thingplatz bei Yggdrasil. Deswegen muss ich dahin."

„Du wirst deinen Weg finden. Ich muss jetzt eine andere Richtung gehen", verabschiedete sich der Wanderer. „Viel Glück, Gilby. Und danke, dass du mir Brot und Ziegenmilch abgeben wolltest. Du bist ein guter Nordjunge."

Gilby lief weiter und hing seinen Gedanken nach, während er immer wieder den Blick in den Himmel richtete, um mit den Zweigen Yggdrasils die Richtung zu halten. Er rief sich in Erinnerung, was seine Mutter ihm erzählt hatte. Da war Bifröst, die Regenbogenbrücke. Sie verband Midgard mit Asgard, die Menschen- und die Götterwelt. Auch von den anderen Welten hatte sie berichtet. Unheimlich war ihm Utgard, das Land der ewigen Kälte und Eisriesen. Aber gut, darum brauchte er sich wohl nicht zu kümmern. Seine Sache war Ägir, der Meeresriese. Gilby hoffte, Odin bei Yggdrasil zu treffen und seine Hilfe zu erhalten.

Auch von der Hel wusste er. Mit ihr wollte er lieber nichts zu tun haben. Denn wenn sein Vater in ihrem Totenreich wäre, könnte er sein Versprechen nicht einlösen. Seine Mutter hatte gesagt, die Hel gibt niemanden aus ihrem Reich frei.

Plötzlich war Gilby abgelenkt. Zwei Raben saßen auf einem Busch und beäugten ihn mit schiefen Köpfen. Warum starrten sie ihn so an und flogen nicht weg? Wie die anderen vielen Raben, die es in Midgard gab. Er lief an ihnen vorbei und sie rührten sich nicht vom Fleck. Als er sich umschaute, saßen sie dort immer noch, schauten ihm nach und krächzten sich gegenseitig an, als würden sie sich etwas erzählen. Gilby schüttelte ratlos den Kopf und lief weiter. Es gab Wichtigeres zu tun, als sich um zwei sonderbare Raben zu kümmern.

Ein Blick nach oben ließen ihn dicke Äste und dichtes Laub erkennen. Und sogleich sah er den gewaltigen Stamm Yggdrasils in der Ferne. Einen Moment hielt er ehrfürchtig inne. Der Stamm wirkte wie ein riesiges Monument, als wäre dort die Welt zuende.

„Yggdrasil!", jubelte Gilby innerlich. „Ich habe ihn gefunden, den Weltenbaum, der neun Welten trägt, an dem alles hängt und an dem die Götter Rat halten."

Gilby rannte jetzt. Er konnte es kaum erwarten, zu dem Baum zu kommen. Als er näher kam, sah er sie: In schillernden Farben erhob sie sich dreistrahlig und majestätisch von der Erde in den Himmel – die Regenbogenbrücke Bifröst. Weit in der Ferne sah er unter dem Brückenbogen ein beständiges Feuer lodern. Gilby schnappte nach Luft und sein Herz fing an zu rasen. Kurz überlegte er, über die Brücke zu gehen. Dann käme er direkt nach Asgard zu den Göttern. Aber nein, das durfte er nicht. Bifröst war den Göttern vorbehalten und wahrscheinlich würde er Ärger kriegen, wenn er sie benutzte. Das wollte er auf gar keinen Fall. Er würde warten, bis die Götter kamen. Müde von der langen Wanderung legte er sich in eine Mulde zwischen zwei großen Wurzeltrieben der Esche. Er schlief sofort ein und bemerkte die zwei Raben, die über ihn kreisten, nicht mehr.

Etwas kitzelte an seiner Nase. Mit noch geschlossenen Augen wischte er sich darüber. Das Kitzeln blieb. Gilby blinzelte und erschrak. Buschiges braunes Fell wuselte über sein Gesicht. Ruckartig setzte er sich auf. Das Fell sprang weg und hockte nun vor ihm. Es war ein Eichhörnchen, das ihn mit großen Augen ansah. Gilby streckte seine Hand nach ihm aus, doch das Eichhörnchen keckerte nur frech und huschte zum Stamm Yggdrasils.

Gilby folgte ihm und sah das Tier in den unendlichen Höhen des Baumes verschwinden. Er lief ratlos etwas umher bis er an eine Grasfläche gelangte, die so ebenmäßig wie ein Teppich wirkte, eingebettet in Gestein aus großen Findlingen.

„Das muss der Thingplatz sein", dachte Gilby. Es war niemand dort. Er wusste nicht, wann sich die Götter einfinden würden, also blieb ihm nichts, als zu warten. Er ging zu Bifröst, vielleicht sah er die Götter kommen.

Er sah tatsächlich jemanden. Ein stattlicher Mann mit einem Schwert und einem großen Horn schritt die Brücke hinab. Er trug einen Helm, an dem beidseitig Flügel heraus ragten. Gilby wurde ganz aufgeregt und in seinem Magen rumorte es.

„Du bist Gilby, nicht wahr?", sprach der Mann, als er seine Füße auf den Boden setzte.

Gilby war verdattert. Woher kannte der Fremde seinen Namen? Und wieso waren alle seine Zähne aus Gold? Doch sofort schalt er sich selbst einen Narren. Natürlich, es war ein Gott. Er wusste doch, dass nur Götter Bifröst betreten dürfen.

„Ja, ich bin Gilby. Aber welcher Gott bist du?", fragte er etwas schüchtern.

„Ich bin der Wächtergott Heimdall. Ich bewache Bifröst und passe auf, dass keine Riesen zu den Menschen nach Midgard gelangen. Du suchst Odin?"

„Ja, das stimmt." Woher wusste er das nun schon wieder? Bestimmt sind Götter allwissend, überlegte Gilby.

„Odin wird nicht kommen. Auch andere Asen nicht. Es gibt derzeit keinen Rat zu halten."

„Warum bist du hier?", wollte Gilby wissen.

„Ich habe dich von meiner Himmelsburg gesehen und gehört."

„Das ist unmöglich. Der Himmel ist so weit weg. Du kannst mich nicht unter dem Laub Yggdrasils gesehen haben. Und gehört schon gar nicht." Gilby bezweifelte, dem Mann glauben zu können. Vielleicht war es doch kein Gott, sondern ein Feind. Er beschloss, vorsichtig zu sein.

„Ich verstehe deinen Zweifel", antwortete Heimdall. „Doch überlege, wieso gerade ich Bifröst bewache. Ich höre mit meinen Ohren die Wolle auf den Schafen wachsen und ich habe bessere Augen als ein Falke. Von meiner Himmelsburg erkenne ich jede Ameise in Midgard."

Gilby war beeindruckt. Es ergab Sinn, was Heimdall sagte.

„Kannst du mir helfen?", fragte er. „Ägir hat meinen Vater genommen. Ich habe meiner Mutter versprochen, ihn wieder zu holen."

„Wenn du deinen Vater wieder haben möchtest, musst du selbst zum Ägir. Eine andere Möglichkeit gibt es nicht."

„Ich kann doch nicht... Das kann ich nicht machen... Ich bin doch nur ein Nordjunge... Götter müssen helfen können", stammelte Gilby verzweifelt.

„Sie werden dir helfen. Doch erst musst du zum Ägir." Mit diesen Worten verabschiedete sich Heimdall und ging über Bifröst zurück zu seiner Himmelsburg.

Gilby fühlte sich hilflos wie ein nasses Schaf. Sollte er Heimdall glauben? Er spürte, dass er kaum eine andere Wahl hatte. Was sollte er sonst tun? Die Götter würden nicht zum Thingplatz kommen, hatte Heimdall gesagt. Ihm schauderte bei dem Gedanken, sich selbst Ägir zu opfern. Er setzte sich noch einen Augenblick an den Stamm Yggdrasils und hoffte, in diesem Kraft für die richtige Entscheidung zu finden.

Ein Keckern riss ihn aus seinen Gedanken. Das Eichhörnchen hüpfte aufgeregt vor ihm herum. Wieder streckte Gilby die Hand aus und das Tier näherte sich ihm. Er konnte es berühren und streichelte über das flauschige Fell.

„Kennst du mich nicht?", fragte das Hörnchen. „Ich bin Ratatöskr und trage Informationen weiter. Eigentlich nur zwischen dem Adler oben auf dem Wipfel der Esche und Nidhögg, der ständig an Yggdrasils Wurzeln knabbert. Es ist sehr anstrengend und ich muss immer sehr weit hin und her laufen. Ich mag auch mal Informationen an Menschen geben, aber nur an solche, die mich mögen."

Gilby schüttelte so heftig den Kopf, als wollte er den Unsinn heraus schütteln. Ein sprechendes Eichhörnchen! So etwas gab es doch gar nicht. Träumte er? Oder wurde gar verrückt? Er erhob sich und ging nervös hin und her. Dabei schielte er skeptisch nach dem Eichhörnchen, welches behauptete, einen Namen zu haben. Ratatöskr! Sowas! Das Eichhörnchen saß ganz still und bewegte nur den Kopf mit den Schritten Gilbys hin und her.

„Na gut", wandte Gilby sich an Ratatöskr. „Wie heiß ich denn wohl?"

„Gilby", antwortete das Eichhörnchen seelenruhig.

Gilby raufte sich seinen roten Schopf. Wo war er hereingeraten? Erst der Gott Heimdall, der seinen Namen kannte und ihm einfach nur sagte, er müsse zum Ägir gehen, dann ein sprechendes Eichhörnchen, welches auch seinen Namen wusste und plötzlich kamen ihm auch noch die zwei merkwürdigen Raben in den Sinn. Aber das Eichhörnchen wollte ihm eine Information geben. Die wollte er sich wenigstens anhören.

„Du möchtest mir etwas sagen, Ratatöskr?"

„Ja, ja, ja", keckerte Ratatöskr aufgeregt. „Du musst zum Nidhögg in seine Höhle gehen. Er knabbert die Wurzeln von Yggdrasil ab. Ich lebe in Yggdrasil und habe vielleicht bald keine Heimat mehr, wenn das so weitergeht."

„Wer ist Nidhögg?", fragte Gilby.

„Ein Drache."

Gilby zuckte die Achseln. „Da kann ich dir nicht helfen. Ich muss mich um etwas anderes kümmern."

„Gewiss. Um deinen Vater", wusste Ratatöskr. „Du wirst zum Nidhögg in die Höhle müssen, wenn du etwas erreichen willst."

Wieso wussten hier alle was er zu tun hatte, fragte Gilby sich. Aber in eine Drachenhöhle zu gehen, kam ihm gefährlich und sinnlos vor. Da glaubte er doch lieber dem Gott Heimdall.

Gilby machte sich wieder auf den Heimweg. Der Gedanke, sich Ägir zu opfern, machte ihm Angst. Doch irgendetwas musste er tun, sonst könnte er Sirid nie wieder in die Augen sehen. Er durfte seine Mutter nicht enttäuschen. Aber dann schalt er sich selbst. Er war doch der festen Überzeugung gewesen, seinen Vater zurückholen zu können und glaubte nicht, dass er bei der Hel sein sollte. Also konnte er sich doch bedenkenlos in Ägirs Klauen begeben. Gilby lief forsch weiter, froh sich entschieden zu haben. Er würde nicht bis zur Siedlung gehen. Sirid durfte nicht sehen, dass er sich Ägir anbot. Sie würde es niemals zulassen.

Bei Ägir

Noch bevor er die Siedlung erreichte, sah Gilby einige Drachenboote am Ufer des Nordmeeres dümpeln. Er schaute sich um. Niemand war zu sehen. Er stieg in eines der Boote und glitt mit kräftigen Ruderschlägen auf das Meer hinaus. Es war kein Wetter, um sich Ägir zu opfern. Ein leichter Wind ging, der nur sanfte Wogen erzeugte.

„Äääääägir", schrie Gilby, als er weit genug draußen war. „Hier bin ich. Hole mich."

Nichts geschah. Gilby ruderte noch ein Stück weiter hinaus und rief erneut nach Ägir. Die Wogen wurden unruhiger. Sie flossen nicht mehr in eine Richtung, wirbelten wild durcheinander, trafen sich schließlich gegenseitig und brachten das Wasser zum Schäumen. Einmal bildete Gilby sich ein, weiße Köpfe zu sehen. Das Wasser um ihn herum brodelte, als hätte es jemand zum Kochen gebracht. Krampfhaft hielt Gilby sich am Boot fest. Sein Atem ging stoßweise und sein Herz pumpte so stark, dass es in den Ohren dröhnte. Aufspritzendes Wasser vermischte sich mit seinem Angstschweiß.

Ihm blieb keine Zeit mehr, darüber nachzudenken, was geschah. Eine riesige Klaue schoss aus dem Wasser und griff nach ihm. Sein ganzer Körper war in der Pranke gefangen. Dann richtete er sich auf: Ägir, der Meeresriese. Die Klaue mit Gilby hielt er hoch. Über den Fingerrand konnte Gilby das Gesicht des Riesen erblicken. Er sah ein altes Gesicht mit tiefen Furchen und unpassend lustigen Augen. Ein langer weißer Bart und ebensolches Haar hingen nass von Kopf und Gesicht. Brauner Tang klebte darin. Ägir spuckte drei Aale aus und platzierte den Jungen auf seinem Kopf. Gilby fühlte sich winzig wie eine Ameise in dem haarigen Urwald.

„Halte dich gut fest", dröhnte Ägir.

„Ich hab nichts anderes vor", piepste Gilby angesichts des brodelnden Meeres unter ihm.

Mit dem Jungen in seinem Haar lief Ägir durch das Meer. Ja, er lief. Mit seinen Riesenklauen schaufelte er sich durch das Wasser und erzeugte noch höhere Wellen. Gilby umklammerte mit Armen und Beinen eine Haarsträhne, um nicht abzurutschen. Er hatte noch nie einen Riesen gesehen und die wirkliche Größe sprengte all seine Vorstellungen. Das Meer war tief, sehr tief und dieser Riese lief einfach hindurch als wäre es eine Pfütze.

Plötzlich griff Ägir wieder nach Gilby und hielt ihn in seiner Klaue, die sich ins Wasser senkte. Gilby hielt die Luft an. Wie lange würde er das können? Er würde ertrinken und käme in das Totenreich der Hel. Er begann zu zappeln, doch das bemerkte Ägir offensichtlich noch nicht einmal. Gilby fiel sein Schwert ein, welches in seinem Gürtel steckte. Sein Vater hatte es für ihn geschmiedet und ihm gelehrt, damit umzugehen. Seitdem trug er es immer bei sich. Aber er konnte in der Klaue die Arme nicht bewegen, um es zu erreichen.

Plötzlich spürte er Boden unter seinen Füßen und die Klaue entließ seinen Körper. Gilby riss die Augen auf und japste nach Luft. Es war kein Wasser mehr da. Er befand sich in einer Halle. Stoßweise ging sein Atem. Er glaubte nicht, was er sah. Träumte er etwa? Keine Fackel brannte in der Halle und dennoch war es dort heller als der Tag. Schwerter und Schilde aus purem Gold an Wänden erhellten den Raum mit zauberhaftem Glanz. An der langen Tafel vor einem Thron saßen stattliche Männer und wunderschöne Frauen mit funkelndem Schmuck. Sie speisten, tranken aus ihren Hörnern, erzählten und lachten. Die

Speisen, Bier und Met trugen sich selbst auf. Kleine Hocker auf drei Beinen transportierten alles. Die Beine hatten Gänsefüße und die Hocker watschelten emsig durch die Halle. Manchmal schwappte Suppe oder Bier über. Grüne Frösche hüpften aus den Ecken und leckten alles mit klebriger Zunge auf. An der Tafel wuchsen die Beine mit den Gänsefüßen in die Höhe und oben sprießten lange Gänsehälse mit Gänseschnäbeln heraus, die auffüllten und nachschenkten.

Gilby wischte sich die Augen. Er musste träumen. Mit seinen riesigen, krakenhaften Klauen hatte Ägir ihn gegriffen, durch die Tiefen des Meeres geschleppt und nun befand er sich an einem Ort des Überflusses und der Fröhlichkeit? Er schaute wieder und sah dasselbe Bild. Wenn es kein Traum war, was war es dann? Was stimmte hier nicht?

Wieder schnappte die Klaue Ägirs um Gilbys Körper. Er brachte ihn an die Tafel und setzte ihn auf einen freien Stuhl.

„Iss", befahl er und ging zu seinem Thron.

Gilbys Kehle war wie zugeschnürt, keinen Bissen würde er hinunter bekommen. Doch er wollte sich nicht entgegensetzen, denn schließlich hatte er ein Anliegen. Und Heimdall hatte gesagt, er müsse zum Ägir und nun war er hier und lebte. Für etwas musste das alles also gut sein. Er nahm sich ein gekochtes Hühnerbein, zumindest glaubte er, dass es ein Hühnerbein war und nagte daran herum. Dabei schaute er sich die Menschen an. Sein Blick blieb verdutzt an einem alten Mann hängen, oder besser an den zwei Raben, die auf dessen Schulter saßen. Raben sehen ja eigentlich gleich aus, aber Gilby war, als hätte er diese schon einmal gesehen. Sie hatten einen besonderen Blick, genau wie die Raben, die ihm auf seinem Weg zu Yggdrasil begegnet waren. Aber das konnte nicht sein. Wie sollten die Raben aus Midgard in diese Unterwasserwelt kommen?

Dann nahm Gilby den alten Mann wahr. Auch hier war ihm, als wäre er ihm schon einmal begegnet. Doch lange weiße Bärte hatten viele. Gilby sah, dass er nur ein Auge hatte. Der Einäugige schaute Gilby warm und interessiert an. Gilby schien, dass er lächelte. Jedenfalls zogen sich die Spitzen von seinem Schnauzbart nach oben.

„Du bist mutig, Nordjunge", sprach der Alte. „Sich als Mensch freiwillig zum Ägir zu begeben, dazu gehört allerhand."

Gilby erschrak. Er kannte die Stimme. Sie gehörte dem Wanderer.

„Du wolltest die Götter treffen?", gab der Mann amüsiert von sich. „Hier sind wir." Es war offensichtlich, dass er sich an Gilbys Fassungslosigkeit weidete.

„Wie jetzt?", brachte Gilby stammelnd heraus.

Der Alte fuhr fort: „Ich bin Odin. Zur rechten neben mir ist meine Frau Frigg. Neben ihr sitzt mein Sohn Thor mit seiner Sif und daneben sein Halbbruder Tyr. Daneben sitzen die Zwillinge Freya und Frey. Sie sind eigentlich Wanen, haben sich aber uns Asen zugewandt. Ganz hinten am Ende der Tafel sitzt Uller. Es ist der mit den zotteligen Haaren und dem Bärengesicht. Ich erzählte dir von ihm. Neben dir sitzt übrigens Loki. Er ist mein Blutsbruder und deshalb auch ein Ase."

Gilby rang nach Fassung. Da war er tatsächlich inmitten der Götter gelandet. Außerhalb von Asgard. Und dazu noch in der Unterwasserwelt des Ägir.

Loki klopfte Gilby brüderlich auf den Rücken, aber so kraftvoll, dass das Hühnerbein in hohem Bogen davon flog. Doch was machte das? Jetzt konnte er erst recht nichts mehr essen. Sein Kopf war voll mit Gedanken, die durcheinander wirbelten. Er hatte Fragen über Fragen und wusste nicht, womit er anfangen sollte.

Odin nahm ihm die Entscheidung ab. „Du suchst deinen Vater, Nordjunge?"

„Ja. Ist er hier?", fragte Gilby. „Wo bin ich überhaupt? Wieso seid ihr alle hier und nicht in Asgard?"

„Langsam, langsam Nordjunge. Eins nach dem anderen", schmunzelte Odin. „Du bist in Ägirs Unterwasserpalast. Und wir genießen hier Ägirs Gastfreundschaft."

Ägir grunzte bei diesen Worten missmutig. „Ich hatte ja keine Wahl."

Fragend schaute Gilby Ägir an.

Thor mischte sich in das Gespräch: „Ägir war oft in Asgard zu Gast und hat sich bei uns durch gefuttert. Er wollte sich revanchieren und uns auch einmal einladen, doch ich musste ihn daran erinnern. Ägir scheint in solchen Dingen vergesslich."

„Papperlapapp", schimpfte Ägir. „Mir fehlte ein großer Braukessel, um für euch alle Bier zu brauen. Was du alleine schon säufst, Thor. Die Hocker rennen am meisten zu dir, weil dein Trinkhorn ewig leer ist."

Thor überhörte den Einwand und nahm einen kräftigen Schluck. „Jedenfalls haben Tyr und ich den wunderschönen Braukessel besorgt, den du dort hinten siehst. Ägir konnte sich nicht mehr drücken und seitdem besuchen wir ihn regelmäßig zu einem Trinkgelage und üppigen Mahl."

„Übrigens die beiden Raben auf meiner Schulter sind Hugin und Munin", wechselte Odin das Thema. „Du bist ihnen schon auf deinem Weg zu Yggdrasil begegnet. Sie haben dich nicht aus den Augen gelassen und mir berichtet."

„Sie können auch sprechen?", fragte Gilby und dachte an Ratatöskr. So langsam wunderte ihn gar nichts mehr.

„Ja, das können sie", erwiderte Odin stolz. „Sie verstehen uns und sprechen unsere Sprache. Du musst nur sehr genau zuhören, wenn sie dir etwas ins Ohr flüstern. Ich schicke sie aus, damit sie mir erzählen, was in den Welten so passiert. Sie sind sehr klug und geben mir auch Ratschläge, wenn ich nicht weiter weiß. Achte sie. Es sind gute Raben."

Jetzt war Gilby komplett platt. Raben, die einem Gott Ratschläge geben? Ein Gott, der nicht weiter weiß und auf Raben hört?

„Ja, ich werde sie achten. Ich achte alle Tiere", antwortete Gilby nur.

Hugin und Munin hüpften fröhlich auf Odins Schulter herum und flatterten mit den Flügeln.

„Siehst du, sie haben dich verstanden", freute Odin sich.

Gilby glaubte das alles nicht mehr. Es war zu verrückt. Gleich würde er auf seinem Lager in der heimischen Hütte aus diesem Traum erwachen.

„Wenn du deinen Vater wieder haben willst, musst du erst etwas für uns tun", gab Odin übergangslos von sich.

„Was sollte ich Nordjunge denn für euch Götter tun können?"

„Nun, wir Götter können eben auch nicht alles. Vidar hat seinen Schuh im Kampf verloren und braucht ihn zurück."

„Wer ist Vidar? Warum holt er sich den Schuh nicht selbst? Was ist an dem Schuh so wichtig?", prasselte es aus Gilby heraus.

„Vidar ist mein Sohn. Sein Schuh wurde von Zwergen aus Lederresten von Menschenschuhen gefertigt. Er ist so fest und hart, dass er nicht zerstört werden kann. Die Prophezeiung sagt, dass der Fenriswolf mich an Ragnarök töten wird. Vidar wird meinen Tod rächen, indem er seinen Schuh in das Maul des Wolfes rammt und ihm sein Schwert in die Kehle sticht. Deshalb braucht Vidar den Schuh. Die Prophezeiung kann sonst nicht erfüllt werden."

Gilby war überfordert. Was soll Ragnarök sein und wer ist dieser Fenriswolf? Warum sollte er getötet werden?

„Was ist das für eine Prophezeiung, für die man Tiere tötet?", fragte er.

„Fenris ist kein Tier, es ist eine Bestie", schimpfte Odin.

Gilby zuckte zusammen, als Loki neben ihm mit der Faust auf den Tisch donnerte und aufsprang. Die Teller schepperten und Lokis Stuhl flog nach hinten.

„Du! Du Odin, hast ihn zu einer Bestie gemacht!", schrie er. Dann war er verschwunden.

„W...w...w...wo ist Loki?", stotterte Gilby, der den Ereignissen nicht mehr folgen konnte.

„Weg", war Odins kurze Antwort.

„A…a…aber er kann sich doch nicht einfach auflösen."

„Doch, Loki kann das. Vermutlich hat er sich in eine Fliege verwandelt."

„Er kann sich verwandeln?", staunte Gilby.

„Ja, in fast alles."

„Oh…." Mehr wusste Gilby nicht zu sagen. „Warum wurde er so böse?"

„Der Fenriswolf ist Lokis Sohn."

„Waaaaaaas?"

„Er zeugte ihn mit der Riesin Angurboda. Ebenso
wie die Midgardschlange und die Hel. Alles Lokis
verfluchte Brut."

Gilby raufte sich den roten Schopf. Es war alles
nicht zu glauben.

„Weshalb sollst du den Fenriswolf zu einer Bestie
gemacht haben?", forschte Gilby weiter.

„Wir nahmen den jungen Wolf zu uns nach Asgard, um ihn zu beobachten und zogen ihn auf. Er
wuchs sehr schnell, wurde groß wie ein Pferd und
lernte sprechen. Niemand von uns traute sich mehr
an ihn heran. Außer Tyr, der ihn weiter fütterte. Bevor der Wolf gefährlich werden konnte, fesselten wir
ihn. Er war aber so kräftig, dass er die Fesseln
sprengte. Deshalb ließen wir von Zwergen ein magisches Band fertigen – Gleipnir. Das Band war so
dünn und zart wie ein Faden. Fenris witterte eine
Falle und wurde misstrauisch. Wir versprachen, das

Band zu lösen, sollte er sich nicht befreien können. Er traute uns trotzdem nicht und forderte, dass einer von uns Asen seine Hand als Pfand in sein Maul legt, bevor er sich Gleipnir anlegen ließ."

Odin machte eine Pause und senkte leicht sein Haupt. Dann blickte er zu Tyr und nickte ihm zu. Tyr legte seinen rechten Arm auf den Tisch. Wo eigentlich eine Hand sitzen sollte, war keine.

„DU? Du hast ihm deine Hand ins Maul gelegt? Und Fenris hat sie abgebissen, weil Gleipnir hielt und ihr es nicht gelöst habt", folgerte Gilby.

„Ja, so war es. Gleipnir hat nicht nur gehalten, sondern die Bänder zogen sich bei jedem Befreiungsversuch immer enger um Fenris Beine."

Gilby fand das ganz und gar nicht in Ordnung. Tyr hatte den Wolf gefüttert und dieser hatte ihm vertraut.

„Ist Fenris immer noch gefesselt?"

„Ja", antwortete Odin knapp.

Gilby musste seine Gedanken sortieren. Er war hier wegen seinem Vater. Und jetzt überrollten ihn so viele andere Ereignisse. Der Fenriswolf tat ihm leid, aber er musste vorsichtig sein und wollte die Götter nicht erzürnen.

„Was ist Ragnarök?", forschte Gilby weiter.

„Das ist der Untergang der Welten", erklärte Odin. „Wir werden gegen Riesen kämpfen. Die Erde wird beben und löst Fenris Fesseln. Der Wolf wird alles verschlingen, was ihm begegnet. Die Midgardschlange wird toben, alles überschwemmen und an Land kommen. Die Wölfe Hati und Skalli verschlingen Sonne und Mond. Alles wird dunkel. Yggdrasil wird fallen und mit ihm die neun Welten, die der Baum trägt, auch Midgard."

Gilby zeigte sich wenig beeindruckt. „Und woher wollt ihr das alles so genau wissen?"

„Die Prophezeiung sagt es."

„Dann muss man die Prophezeiung ändern", fand Gilby.

Odin lachte. „Ach Nordjunge, du denkst das geht einfach so? Nein, es steht fest. Es wird so geschehen."

Gilby beschloss, dies nicht weiter mit Odin zu erörtern. Er dachte sich jedoch seinen Teil und würde nicht zulassen, dass Midgard mit Yggdrasil fällt.

„Was erwartet ihr von mir?", kam er zur Sache.

„Das du Vidars Schuh bringst."

„Wo ist der Schuh?"

„Bei Nidhögg."

„Bei dem Drachen?" Gilby dachte sofort an Ratatöskr. „Und ihr könnt den Schuh nicht holen?"

„Wenn es so wäre, würden wir es nicht von dir verlangen."

„So, und ihr denkt, ich spaziere einfach in eine Drachenhöhle und nehme mir den Schuh?"

„Nein, natürlich nicht", antwortete Odin. „Eine Gefährtin wird dir helfen."

„Eine Gefährtin?", fragte Gilby entsetzt „Ihr seid Götter, ich nur ein Nordjunge und dann soll mich ein Mädchen in eine Drachenhöhle begleiten?"

„Deine Gefährtin ist nicht nur ein Mädchen."

„Aha, was ist sie dann? Wo ist sie? Ich will sie mir anschauen."

„Das ist nicht so einfach. Sie ist im Eisenwald. Die Riesin Angurboda hält sie als ihr Spielzeug gefangen. Sie heißt Ylva."

Gilby kam das alles sonderbar vor. „Wenigstens ein schöner Name", meinte er ironisch. „Und wie soll sie mich begleiten, wenn Angurboda sie gefangen hält und mir ihr spielt?", fragte er, obwohl er die Antwort bereits ahnte.

„Du musst sie befreien."

„Natürlich. Ich gehe zu einer Riesin, befreie Ylva und dann suchen wir gemeinsam Nidhögg auf und nehmen ihm den Schuh weg. Ist ja alles ganz einfach."

Wollten sich die Götter über ihn lustig machen? Ihm war nicht zum Spaßen. Er wollte seinen Vater finden. Und Odin, von dem er sich so viel erhofft hatte, stellte ihn vor unlösbaren Aufgaben.

„Nun, einfach ist es sicher nicht", gab Odin zu. „Aber du wirst es schaffen. Wir werden über dich wachen."

„Wie wollt ihr das machen?"

Die Antwort gaben Hugin und Munin, die aufgeregt auf Odins Schulter flatterten und fröhlich krächzten.

„Und wo ist dieser Eisenwald?", erkundigte Gilby sich.

„In Jötunheim. Es ist das Reich der Riesen."

Gilby kratzte sich am Kopf. Jötunheim – das hatte er schon einmal gehört. Seine Mutter muss ihm davon erzählt haben.

Plötzlich fiel es ihm wieder ein: „Jötunheim liegt in Utgard, im Reich des ewigen Eises und der Frostriesen. Nie im Leben gehe ich dort hin!", rief er aufgebracht.

„Das stimmt so nicht ganz", beruhigte Odin den Jungen. „Jötunheim gehört zwar zu Utgard, doch der Eisenwald liegt zwischen Midgard und Utgard. Es ist eine Mischwelt, die aber nur von Riesen und Zauberweibern bewohnt ist. Und einigen anderen Wesen." Dass es sich hierbei auch um gefährliche Wesen handelte, behielt Odin für sich. Der Junge war schon verunsichert genug.

„Trotzdem könnt ihr mich dort doch nicht alleine hinschicken", gab Gilby zu bedenken.

„Das werden wir auch nicht. Du musst nur am Anfang alleine gehen und wirst auf Hilfe stoßen. Vertraue uns auch etwas", bat Odin.

„Und wie komme ich dorthin? Es ist ein weiter Weg."

„Wir bringen dich an das Ende von Midgard, von dem du zum Eisenwald gelangst. Du darfst dir sogar aussuchen, wie du reisen möchtest", schmunzelte Odin. „Doch vorher solltest du deinen Eid bei Uller ablegen."

Uller und den Eid hatte Gilby vor lauter Aufregung ganz vergessen. „Was genau soll ich denn beeiden?", fragte er verwirrt.

„Du hast deiner Mutter ein Versprechen gegeben. Ich erklärte dir bereits, dass man auf Ullers Ring einen Eid ablegen kann, um sein Versprechen zu halten. Schon vergessen, Gilby? Und wenn du willst, kannst du auch mir versprechen, mir Vidars Schuh zu bringen und dies beeiden."

Gilby kratzte sich erneut am Kopf und überlegte. Sirid hatte er bereits etwas versprochen. Darauf wollte er gerne einen Eid ablegen. Wenn er das Versprechen nicht hielt, würde Uller ihn strafen. Aber das konnte ihm dann egal sein. Seiner Mutter würde er nicht mehr unter die Augen treten können und leben würde er dann auch nicht mehr wollen. Aber wie verhielt es sich mit Vidars Schuh? Wenn er seinen Vater wieder haben wollte, musste er Odin den Schuh bringen. Also reichte das Versprechen an seine Mutter.

„Ich beeide nur, dass Versprechen einzulösen, welches ich meiner Mutter gab. Dafür muss ich den Schuh sowieso holen, damit du mir hilfst", verkündete Gilby.

„Gut, Nordjunge. Es ist deine Entscheidung. Der Eid wird am Thingplatz abgenommen. Bis wir dort sind, kannst du noch überlegen, ob du dir wirklich sicher bist. Ein Eid steht über dem Versprechen und ist zu achten. Uller stammt von einem Eisriesen ab und kann sehr zornig werden. Das solltest du wissen."

„Aber du sagtest, Uller hilft auch."

„Wenn du ehrlich deine Aufgabe erledigst, wird er dir helfen. Belügst du uns oder spielst falsch, trifft dich sein Zorn."

„Vielleicht sollte Loki mich begleiten?", überlegte Gilby.

„Weshalb? Was versprichst du dir davon?"

„Wenn Loki sich verwandeln kann, könnte er ein schnelles Pferd werden und ich könnte auf ihm davon reiten, wenn es gefährlich wird."

Die Götter und Göttinnen lachten schallend. Gilby guckte verunsichert in die Runde.

„Was ist daran so komisch?"

„Du kennst Loki nicht. Er verwandelt sich nur, wenn es seinem Vorteil dient und ganz sicher nicht, wenn ein Nordjunge ihn darum bittet."

„Hmmm... Vielleicht macht er ja eine Ausnahme. Oder die Riesin gibt Ylva freiwillig heraus, wenn Loki dabei ist."

Odin guckte den Jungen verdutzt an. „Wieso sollte sie das tun?"

„Weil doch Loki und Angurboda ein Paar sind", bemerkte Gilby.

Das Gelächter der Götter schallte als Echo von den Wänden zurück. „Wie kommst du denn darauf?", prustete Odin vor Lachen hervor und japste nach Luft.

„Weil die beiden doch diese komischen Kinder zusammen haben."

„Deswegen sind sie lange noch kein Paar. Sie hatten wohl mal ihren Spaß zusammen", schnaubte Odin. „Loki hat eine Gemahlin – Sigyn. Aber vielleicht ist dein Gedanke trotzdem nicht so abwegig. Es könnte sein, dass Angurboda Loki gut gesonnen ist."

„Dann kommt Loki mit?"

„Ich werde ihn darum bitten", sagte Odin. „Versprechen kann ich es dir nicht. Loki hat seinen eigenen Kopf."

Gilby strahlte. Er hoffte, dass es klappen würde. Odin brauchte nicht wissen, dass er dabei einen Hintergedanken hegte.

„Danke", sagte er nur. „Dann können wir jetzt zum Thingplatz. Wie kommen wir hier raus? Schleppt Ägir mich wieder durch das Nordmeer?"

„Wenn du das brauchst, mach ich das", lachte Ägir.

Freya erhob sich. „Komm lieber mit mir." Gilby erblickte ein braun gesprenkeltes und gefiedertes Gewand in ihrer Hand. Sie legte es sich um und schloss es vorne. Im selben Moment befand sich statt Freya ein Falke vor Gilby. Er hatte keine Gelegenheit, seine Überraschung kundzutun. Der Falke flog auf Gilby zu, ergriff ihn mit den Krallen und schoss mit ihm durch einen Schacht. Plötzlich befand sich Gilby in den Fängen des Falken über dem Meer. Er wusste nicht, wie ihm geschah und auch nicht, ob ihm der Weg aus dem Meer mit Ägir lieber gewesen wäre. Freya flog mit Gilby direkt zum Thingplatz und setzte ihn vorsichtig ab. Sie öffnete mit dem Schnabel die Schnalle und nahm ihre wahre Gestalt an. Gilby war froh, wieder festen Boden unter den Füßen zu haben und wunderte sich über gar nichts mehr.

Der Eid vor Uller

Die anderen Gottheiten waren bereits eingetroffen und standen um den Thingplatz herum. Alle hielten ihre Trinkhörner in den Händen. Nur Thor schlürfte ständig daraus. Tyr ermahnte ihn, abzuwarten. Thor zog die buschigen Augenbrauen herunter und schaute den Kriegsgott grimmig an. „Dann fang doch endlich an", maulte er.

Freya bat Gilby zu sich und bat ihn, seinen Mantel abzulegen. Sie hielt ein Kettenhemd und eine Tunika in Händen. Staunend betrachtete Gilby die Bekleidung. Das Kettenhemd leuchtete golden und die Tunika war aus festem Stoff fein gewebt mit einer edlen Bordüre.

„Zieh erst das Kettenhemd an und darüber die Tunika. Deinen Mantel kannst du darüber umhängen."

„Das Kettenhemd ist doch bestimmt sehr schwer", gab Gilby zu bedenken.

Freya reichte es dem Jungen und Gilby war überrascht, wie leicht es war.

„Siehst du, es ist gar nicht schwer. Und trotzdem bist du geschützt. Nichts kann hindurch dringen."

Stolz folgte Gilby nun der Bitte. Ein Kettenhemd trugen nur Krieger und einige der Götter. Jetzt war er ein ganzer Mann.

Er erhielt noch ein Paar Stiefel, eine dicke schwarze Hose und einen Rock aus rotem Stoff.

Gilby schaute Freya fragend an. „Das soll ich auch anziehen? Es ist warm."

„Für dich nicht mehr lange", kommentierte Freya. „Zieh das an."

Gilby band seine geschnürten Sandalen aus Ziegenleder auf, schlüpfte in Hose und Stiefel. Warm und weich schmiegte sich der Stoff um seine Beine. Das Fell der Stiefel fühlte sich an, als seien seine Füße in sonnengewärmte Wolken gehüllt. Gilby band sich den Rock um die Taille und schnürte ihn fest. Zum Schluss legte er sich die Halterung mit dem Schwert seines Vaters um.

„Andvari", dachte er. „Wenn du deinen Sohn so sehen könntest. Ich werde kommen und dich zurück nach Midgard bringen."

Tyr bat die Anwesenden, den Thingplatz zu betreten. Alle stellten sich im Kreis vor den Findlingen auf. Nur Uller und Tyr begaben sich in die Mitte. Gilby wusste nicht recht, wo er hinsollte, bis Tyr ihn zu sich winkte. Er reichte dem Jungen ein Schild und ein Speer. Gilby fühlte sich hundert Ellen größer. Trotzdem brannte eine Frage auf seinen Lippen. „Warum stehst du auch in der Mitte?", flüsterte er Tyr zu.

„Ich bin nicht nur Kriegsgott, sondern auch Gott des Things und Rechts. Deshalb wache ich darüber, dass der Eid rechtens geleistet wird."

Tyr schaute Gilby an und sprach feierlich: „Du hast uns aufgesucht, um unsere Hilfe zu erlangen. In der Mitte des Things nahmst du unter den Göttern als Zeugen Schild und Speer in Empfang. Damit bist du anerkannt und mündig, einen Eid auf Ullers Ring zu sprechen." In die Runde schauend sprach er weiter: „Erhebt alle euer Trinkhorn, welcher mit edlem Met gefüllt ist und trinket auf den Gott Uller."

Ein Raunen ging durch die Menge, als Thor die feierliche Zeremonie mit einem lauten Rülpser störte, nachdem er sein Horn in einem Zug gelehrt hatte.

Uller bat Gilby, ihm seinen linken Arm zu reichen. Er hielt die kleine Hand in seiner großen Pranke, während er einen goldenen Armreif über Gilbys Hand streifte. Gilby war verwundert, da von einem Ring gesprochen wurde. Doch er schwieg. Es hatte wohl alles seine Richtigkeit. Der Reif war nicht rund, eher oval und zwei Verdickungen schlossen sich gegeneinander wie Kuppeln.

Uller hielt seinen linken Arm an Gilbys, so dass die Reife sich berührten.

„Gilby, schwörst du auf diesen deinen und meinen Ring, das Versprechen, welches du deiner Mutter gabst, zu erfüllen?"

„Ja, ich schwöre", antwortete Gilby ehrfürchtig.

„Schwörst du, deinen eben geleisteten Eid zu achten mit Ansinnen und Taten?"

„Ja, ich schwöre, dass ich das werde", bezeugte Gilby.

„Na endlich sind wir fertig", grölte Thor und riss seinem Vater Odin dessen Trinkhorn aus der Hand. „Auf Gilby", rief er und nahm einen kräftigen Schluck.

Odin entriss ihm sofort das Horn. „Darüber sprechen wir noch", raunte er Thor zu und erhob sein zurück erobertes Horn. „Auf Gilby." Alle stimmten ein und der Thingplatz war weit über seine Grenzen von dem Trinkspruch erfüllt.

Gilby fühlte eine unbändige Stärke und Kraft in sich. Er traute sich jetzt sogar zu, nach Utgard in das Land der Frostriesen zu gehen.

Es erstaunte ihn, dass es offensichtlich mehr von Ullers Ringen gab. Dass er ein eigenes bekam, hatte er nicht erwartet. Gilby wäre nicht Gilby, ließe er Fragen offen.

„Wieviel von diesen Ringen gibt es?"

„Ich habe meinen und Thors Frau Sif hat einen. Sif ist meine Mutter", antwortete Uller. „Für Eidschwüre werden neue Ringe geschmiedet. Wer den Eid erfüllt, trägt seinen Reif ein Leben lang als sichtbares Zeichen des Vertrauens."

Gilby stellte sich vor, wie er als Krieger mit dem Reif um seinen Arm von allen geachtet wurde. Der Gedanke machte ihn stolz.

Gilbys Reise mit Thor

„So Gilby", meldete sich Odin. „Mit wem möchtest du ans Ende Midgards reisen. Mit Thor oder Freya?"

Gilby blickte beide abwechselnd an, doch Thor und Freya grinsten nur. Freya würde ihn wahrscheinlich als Falke in ihren Krallen tragen. Das wollte er nicht noch einmal.

„Wie würde Thor mich denn dorthin bringen?", fragte er gespannt.

„Mit seinem Wagen, genau wie Freya."

Wieso grinste auch Odin bei seiner Antwort? Gilby wurde skeptisch. Zuviel Unglaubliches war ihm schon wiederfahren.

„Freya hat einen Wagen? Sie fliegt mich nicht als Falke dorthin?"

„Nein, es wäre für sie zu anstrengend, dich den weiten Weg in ihren Krallen zu halten. Thors Wagen wird von zwei Ziegenböcken gezogen und Freyas von zwei Katzen."

„Von Katzen?", fragte Gilby ungläubig.

„Ja. Ich glaube, du solltest dir die Wagen und Tiere anschauen, um zu entscheiden", fand Odin und nickte Freya und Thor zu.

Beide pfiffen kurz und sogleich hörte Gilby das Getrappel der Tiere und Räder über den Boden poltern. Schon stoppten die Tiere vor ihren Gebietern. Die Ziegenböcke blökten Thor an und knapperten ihm am Bein. Er packte sie neckisch an den Hörnern und schüttelte ihre Köpfe.

Freya wurde laut mauzend und schnurrend von ihren Katzen begrüßt und sie streichelte ihnen über das Fell.

Auch Gilby ging zu den Tieren und kraulte sie, die es genussvoll mit blöken und mauzen dankten. Die Ziegenböcke sahen aus wie Ziegenböcke, die Katzen waren etwas größer als normale Katzen. Die Wagen waren etwa gleich groß. Der Katzenwagen hatte einen Sitz für Freya und zwei große Räder. Thors Wagen hatte keinen Sitz, aber vier Räder. Gilby überlegte, wo er wohl sitzen sollte.

Thor stellte ihm die Ziegenböcke vor. Sie hießen Tanngnjostr und Tanngrisnir. Das schien Gilby etwas kompliziert. Sollte er mit Thor reisen, würde er das abkürzen.

„Wo finde ich denn Platz auf dem Wagen?", wollte Gilby wissen.

„Du würdest hinter mir stehen und könntest dich an mir festhalten", erwiderte Thor.

„Wie schnell laufen die Böcke?", fragte Gilby, dem unbehaglich wurde.

„Och, ziemlich schnell", grinste Thor.

Da konnte Gilby nun nicht sonderlich viel mit anfangen. Er begab sich erstmal zu Freya und ihren Katzen.

„Und wie heißen die?"

„Bygul und Trjegul."

Das erschien Gilby etwas einfacher, aber vom Namen der Tiere konnte er das nicht abhängig machen.

„Auf diesem Wagen stehe ich wahrscheinlich auch hinter dir?", stellte Gilby in Anbetracht des Platzes fest.

„So ist es."

Gilby fand, er sollte den Wagen wählen, der etwas langsamer gezogen wurde. Die Vorstellung, auf dem beengten Platz schnell über die holprigen Wege geschüttelt zu werden, gefiel ihm nicht sonderlich. Dann doch lieber etwas langsamer. Das brauchten Thor und Freya aber nicht wissen.

„Welche Tier sind schneller?", meinte er deshalb schlau zu fragen.

Thor und Freya schauten sich kurz an und zuckten beide mit den Schultern.

„Gleich schnell?", hakte Gilby nach.

Wieder nur Schulterzucken. Irgendwie hatte er das Gefühl, die beiden verheimlichten ihm etwas.

„Wir sind bestimmt Tage unterwegs?", versuchte er es so herum.

Schulterzucken.

So kam Gilby nicht weiter.

„Können wir mit jedem Wagen mal ein kleines Stück probieren?"

„Junge, nun mach da nicht so einen Aufstand drum", bemerkte Odin. „Entscheide dich!"

Gilby kombinierte kurz. Ziegenböcke waren recht schnell, aber Katzen bestimmt noch schneller. Nur ob sie es mit dem Wagen hinter sich auch noch waren? Die Böcke waren dann doch größer und kräftiger. Aber Thor war bestimmt hundertmal so schwer wie Freya.

„Ich fahre mit Thor", verkündete Gilby und hoffte, richtig entschieden zu haben.

„Gute Wahl, Gilby", lobte Odin. „Dann kann's ja endlich losgehen."

„Moment", meldete sich Frey. Er trat auf Gilby zu und übergab ihm ein zusammengefaltetes Tuch.

„Stecke es in deine Tasche und verwahre es gut. Gib Acht, dass du es nicht verlierst. Es wird dir eine große Hilfe sein."

„Ein Tuch?", fragte Gilby verwundert. „Wie soll mir ein Tuch helfen?"

„Wenn du es auseinander faltest, wird es ein Schiff", antwortete Frey. „Zwerge fertigten es und deshalb hat Skidbladnir – so heißt es – magische

Kräfte. Es wird dich immer in die richtige Richtung und dich sicher über tosende Gewässer bringen. Es fährt auch an Land und in der Luft."

Gilby war beeindruckt, überlegte aber auch schnell.

„Dann können wir doch mit diesem Tuch-Schiff ans Ende von Midgard reisen", stellte er hoffnungsvoll fest.

„Skidbladnir ist nicht für Spazierfahrten gedacht, mein Junge. Die Zauberkräfte solltest du nicht überlasten", mahnte Frey.

Enttäuscht ließ Gilby das Tuch in seiner Brusttasche verschwinden. Er hätte es gerne ausprobiert, das Tuch auseinander zu falten. Wirklich vorstellen konnte er es sich nicht, dass dann ein Schiff daraus werden sollte. Aber er hatte schon einige wundersame Dinge erlebt.

„So, jetzt aber", grölte Thor, der schon auf seinem Wagen stand.

Gilby stieg auf und stellte sich hinter Thor, die Hände legte er an dessen Seiten.

„Halt dich besser fest", forderte Thor.

Gilby steckte seine Finger in Thors Gürtel.

Thor schnalzte mit der Zunge, die Böcke setzten sich in Bewegung, Gilby schrie auf und versuchte, Thors dicken Bierbauch zu umklammern. Die Böcke samt Wagen erhoben sich rasend schnell in die Luft. Dem Jungen wurde schwindelig, sein Magen wollte sich nach außen stülpen und Gilby kniff die Augen zu. Der Wagen schwang und schaukelte hin und her, rauf und runter wie ein Drachenboot bei Sturmflut. Wäre er doch nur mit Freya gefahren. Die Böcke blökten und mauzten fröhlich.

Mauzten?

Endlich wurde der Wagen ruhiger.

„Drück mir nicht die Luft ab", schimpfte Thor. „Und mach die Augen auf. Bestimmt hast du Midgard noch nie von oben gesehen."

Vorsichtig öffnete Gilby ein Auge und dann das Zweite. Was er sah, war atemberaubend. Weite Täler zwischen grünen Waldflächen, Flüsse schlängelten sich durch die Landschaft und in der Ferne schimmerte das blau-graue Nordmeer im Sonnenlicht. Er drehte den Kopf zur anderen Seite, während er Thor weiter fest umklammerte. Gilby blinzelte zweimal, bevor er überrascht die Augen aufriss. Neben ihnen flog Freya mit ihrem Katzenwagen durch die Luft. Freya stand auf dem Wagen, ihre langen Haare flogen wie Goldschweife im Wind und sie lachte und winkte ihm fröhlich zu. Bygul und Trjegul sprangen mit langen Sätzen vorwärts. Vorder- und Hinterläufe bildeten mit den Körpern waagerechte Konturen, bis sich die Pfoten unter den Leibern wieder trafen. Nach Freyas Kommando setzten sie zum Sprint an und drehten um. Gilby schaute ihnen nach und sah nur noch einen Punkt am Horizont, so rasend schnell waren sie.

„Ha, ha", lachte Thor. „Jetzt bist du froh, mit mir zu fahren. Na komm, sollst auch etwas Spaß haben."

Thor nahm seinen Hammer Mjölnir und schwang ihn durch die Luft. Der Wagen fing an zu humpeln und pumpeln, eben noch weiße Wolken brauten sich dunkel zusammen und ein Donnergrollen vibrierte direkt unter Gilbys Füssen.

„Hör auf", brüllte er Thor zu, doch der lachte nur und warf den Hammer in den Himmel. Blitze schossen heraus, bevor Mjölnir in Thors Hand zurückkehrte. Gilby umklammerte Thor fester, der beleidigt grunzte, den Wagen aber wieder ruhig durch die Luft gleiten ließ.

Die dunklen Wolken wechselten ihre Farbe und wurden wieder weiß. Die Sonne schickte wärmende Strahlen. Gilby gefiel diese Art zu reisen nicht besonders, dennoch bestaunte er die Landschaft Midgards.

„Die Sonne geht bald unter. Wir werden rasten. Tanngnjostr und Tanngrisnir müssen grasen, trinken und ausruhen. Und ich habe auch einen Mordshunger", verkündete Thor und lenkte die Böcke zu einer Lichtung am Waldrand.

„Wo bekommen wir denn etwas zu essen her?", fragte Gilby. „Ich kann Beeren, Kräuter und Wurzeln sammeln", fügte er stolz hinzu.

„Wer soll denn von so etwas satt werden? Ich bin doch kein Hase", murrte Thor. „Du wirst schon sehen, wart's ab."

Die Ziegenböcke setzten blökend auf dem Boden auf und der Wagen folgte rumpelnd. Gilby war froh, wieder festen Boden unter den Füßen zu haben und stieg befreit ab. Thor folgte und nahm einen Sack, der zu seinen Füßen gelegen hatte. Den hatte Gilby gar nicht bemerkt.

Der Donnergott löste das Geschirr der Böcke, die sich sogleich freudig an dem grünen Gras bedienten. Thor setzte sich auf einen Baumstamm und schüttete den Sack aus. Gilby gingen die Augen über. Brot, gepökeltes Fleisch, Schinken, gebratene Hühnerbeine, geräucherter Fisch, Kuchen, Kekse und andere Leckereien breiteten sich auf dem Boden aus. Auch Trinkbeutel waren dabei, von denen sich Thor einen griff und ihn in Riesenschlucken leerte.

„Ah, das war gut", schwärmte er. „Endlich wieder ein guter Tropfen Met." Dann nahm er sich ein großes Stück Schinken und Brot und vertilgte beides gierig.

„Das war wohl mehr als ein Tropfen", lästerte Gilby. „Ich habe auch Durst. Hast du Wasser dabei?"

„Pah, Wasser. Dort hinten ist ein Bach, da kannst du deinen Trinkbeutel füllen. Und nimm die Böcke mit, damit die auch saufen können. Aber iss erstmal was, bevor ich alles aufgefuttert habe", gab Thor schmatzend von sich.

Gilby war sich nicht sicher, ob sein Magen feste Nahrung dulden würde. Noch hatte er das Gefühl, der saß nicht dort, wo er hingehörte.

„Ich gehe erst zum Bach", beschloss er und packte die Ziegenböcke an den Hörnern. „Kommt mit." Die beiden folgten blökend.

„Ich werde euch Tannjos und Tanngris nennen", erklärte er unterwegs.

Die Böcke interessierten sich nicht dafür und sprangen eilig weiter. Durstig schlabberten sie aus dem Bach, während Gilby den Beutel füllte und ihn in einem Zug leerte. Er merkte jetzt, dass seine Hände schmerzten. Er hatte sich wohl ziemlich fest an Thor festgekrallt und hielt sie ins kühle Wasser. Anschließend spritzte er sich von dem Nass ins Gesicht und füllte noch einmal den Trinkbeutel, bevor er mit den Böcken zurück lief.

Thor kaute immer noch mit vollem Mund und nuschelte: „Wir sammeln gleich Holz für ein Feuer. Die Nacht verbringen wir hier. Morgen früh reisen wir weiter."

„Wann werden wir da sein?", fragte Gilby.

„Morgen vor Sonnenuntergang. Die Nacht bleibe ich noch bei dir. Wenn die Sonne den Mond verjagt hat, musst du alleine in den Eisenwald gehen."

Gilby erschien der Gedanke fast angenehmer als noch ein Höllentripp auf Thors Wagen. Er nahm sich einen Keks und knabberte vorsichtig daran.

„Ich sammele schon mal Holz", beschloss er.

Thor nahm sich ein Hühnerbein. „Geh nur, Junge. Ich muss mich noch stärken."

Das Holz war schnell gesammelt und aufgeschichtet. Thor entfachte das Feuer mit einem Blitz aus Mjölnir. Gilby bettete sich davor. Er war müde von den Erlebnissen. Der Mond erleuchtete die Wiese und warf lange schwarze Schatten der Bäume auf das Gras. Geräusche der Nacht drangen an Gilbys Ohren. Scharren, schnarren, keckern und heulen.

„Keine Angst", beruhigte Thor ihn. „Wer oder was sich dir nähert, lernt Mjölnir kennen."

Gilby dachte daran, wie er im Eisenwald alleine durchkommen sollte, schlief jedoch über diesen Gedanken ein.

Als er erwachte, war Thor schon wieder am Essen.

„Du solltest dir auch was in den Bauch schlagen", meinte er.

Gilbys Magen hatte sich zwar beruhigt, doch bei dem Gedanken an den bevorstehenden Flug rebellierte er wieder. Trotzdem nahm er sich ein Stück Brot und muffelte darauf herum.

Thor rief die Böcke zu sich und legte ihnen das Geschirr an. Die verbliebene Verpflegung packte er in den Sack.

„So, los jetzt", befahl er und stieg auf den Wagen. Gilby stieg auch auf und krallte sich wieder an Thor fest. Die Böcke setzten sich in Bewegung und hoben sich samt Wagen in die Lüfte. Weil Gilby nun wusste, was ihn erwartete, fand er es nicht mehr ganz so schlimm. Trotzdem würde er sich mit dieser Art zu reisen niemals anfreunden können.

Als die Sonne sich senkte, lenkte Thor die Böcke nach unten. Wieder achtete er darauf, dass sie eine saftige Weide und einen Bach vorfanden. Wieder bediente sich Thor an den Vorräten und an einem Beutel Met. Wieder konnte Gilby nichts essen und sammelte Holz. Diese Nacht schlief er nicht so gut. Ihm war nicht wohl bei dem Gedanken an den Eisenwald.

Thor hatte ihm noch etwas Brot, Kekse und Hühnerbeine nachgelassen. Gilby zwang sich, davon zu essen. Mit leerem Magen würde er nicht weit kommen.

„Wo bekomme ich im Eisenwald etwas zu essen her?", fragte er.

„Erleg einen Troll mit deinem Schwert."

„Es gibt Trolle im Eisenwald?" Gilby riss entsetzt die Augen auf.

„Ach was", lachte Thor. „Ich wollte dich nur ärgern."

Gilby fand das gar nicht lustig.

„So Gilby, es ist Zeit, dass du aufbrichst. Folge der Sonne, dann bist du auf dem richtigen Weg. Dort hinten in der Ferne siehst du ein Gebirge. Das ist Jötunheim. Davor liegt der Eisenwald."

„Und wie finde ich im Eisenwald Angurboda?"

„Odin sagte dir, dass du auf Hilfe treffen wirst. Mach dir nicht so viel Gedanken."

„Macht ihr Götter es euch nicht zu einfach?" Gilby schaute unbehaglich zu, als Thor den Böcken das Geschirr anlegte.

„Keineswegs. Es ist alles geregelt. Mach's gut, Gilby." Thor stieg auf seinen Wagen und war im gleichen Moment in den Wolken verschwunden.

Im Eisenwald

Verlassen blieb Gilby zurück und stand etwas ratlos herum. Er schaute zum entfernten Gebirge und setzte langsam einen Fuß vor den anderen. Er dachte an seinen Vater, an sein Versprechen, den Eid und beschleunigte den Schritt. Die Sonne schickte inzwischen wärmende Strahlen und er zog seinen Mantel aus. Nach der Wiese kam er an einen Wald mit kleinen Tannen und verkrüppelten Kiefern. Noch befand er sich in Midgard. Der Wald lichtete sich und steiniges Gelände lag vor ihm. Er überquerte es und ging der Sonne nach, wie Thor ihm sagte. Hier und da sah er eine Echse huschen oder sich sonnen. Alles wirkte so friedlich. Er hörte etwas rauschen. Mit jedem Schritt wurde es lauter. Dann sah er, wo es herkam. Ein Fluss gurgelte wild. Er lag genau in der Richtung, die Gilby gehen musste. Hinter dem Fluss sah er Wald. Dunkel, fast schwarz, Bäume ragten bedrohlich in die Höhe. Das musste der Eisenwald sein. Gilby blickte zu beiden Seiten den Fluss entlang. Es sah nicht so aus, als würde irgendwo eine Brücke oder ein Baumstamm hinüber führen. Der Fluss war zu breit, um hinüber zu springen und zu wild, um hindurch zu waten. Die Fluten würden ihn mit sich reißen. Außerdem wusste er nicht, wie tief er war. Doch irgendwie musste er hinüber. Da fiel ihm das Tuch ein, welches Frey ihm gab. Er holte es aus seiner Tasche und faltete es auseinander. Vor seinen Augen erschien ein Schiff, so groß, dass alle Götter darauf Platz finden würden. Längsseitige braune Planken formten sich am Bug zu einem Drachenkopf. Das große Segel blähte sich im Wind auf. Gilby staunte, war gleichzeitig aber ratlos. Das Schiff stand an Land, musste aber auf den Fluss. Wie sollte er es dort hin bekommen? Er stellte sich hinter das Heck und drückte mit aller Kraft. Das Schiff glitt vorwärts wie auf Butter und Gilby lag lang auf dem Boden. Er war verdutzt. Das Schiff schien nicht schwerer als das Tuch. Er rappelte sich auf und tippte das Schiff leicht mit dem Finger an. Sanft glitt es in den Fluss und lag ruhig auf dem wilden Wasser. Gilby hechtete sich an der Seite hoch und verharrte erwartungsvoll. Skidbladnir bewegte sich auf das andere Ufer zu. Die Strömung schien ihm nichts anzuhaben. Gilby war erstaunt, dass es wusste, wo er hinwollte.

Am Ufer des Eisenwaldes sprang Gilby von Bord und zog das Schiff an Land. Es war leicht wie eine Feder. Er wusste nicht genau, wie er es wieder zusammen falten sollte und drückte einfach an jeder Seite vom Bug. Vor ihm lag wieder das Tuch. Er war von der ganzen Aktion so perplex, dass er sich seinen roten Schopf vor Staunen wuschelte. Schließlich griff er das Tuch, faltete es zusammen und verstaute es sorgsam in seiner Brusttasche.

Dann schaute er sich um. Direkt vor ihm befand sich der Wald, ein dunkler Wald mit Bäumen, die er noch nie gesehen hatte. Ein dichtes, schwarzes Blättergewölbe gab einen unpassenden silbrigen Glanz ab. Die Wurzeln sahen aus wie Schlangen, die aus der Erde krochen. Ein wirres Geflecht von Gewächsen schlängelte sich am Boden entlang, um schließlich an den Bäumen hinauf zu klettern. Gilby zog sein Schwert, um sich durch das Dickicht zu schlagen.

Auch die Baumstämme schimmerten durch den Bewuchs silbrig. Er beseitigte an einem Baum die Gewächse und sah, dass am Stamm silberne Bahnen verliefen, mal gerade, mal verästelt. Er schlug mit dem Schwert dagegen. Es klirrte und feiner silberner Staub rieselte herab. Wie Adern aus Eisen, die bluteten. Gilby fing den Silberstaub mit der Hand auf. Er glitzerte und funkelte wie kleine Kristalle.

„Das ist wunderschön", flüsterte er sich selbst zu.

In dem Moment fing der Baum an zu knarren und knurren. Gilby sah zu, dass er weg kam.

Schnell kämpfte er sich weiter, bis der Wald lichter wurde. Der Boden war nun mit Moosen und Flechten bedeckt. An den Bäumen zogen sich weiter Eisenadern hoch.

Gilby setzte sich auf das weiche Moos, um auszuruhen. Über ihm krächzten Raben und eine Fliege ärgerte ihn. Er schlug sie weg, doch sie kam immer wieder und krabbelte schließlich in sein Ohr.

„Tu mir ja nichts", hörte er eine Stimme. „Ich bin's, Loki."

Gilby sprang auf und sein Herz machte Freudensprünge. Loki war gekommen!

„Gehe wieder zurück in den dichten Wald", tuschelte die Fliege. „Hugin und Munin kreisen über uns. Sie dürfen mich nicht mit dir sehen."

Das verstand Gilby nicht. Loki war doch sicher gekommen, weil Odin ihn darum gebeten hat. Warum durften die Raben Loki dann nicht sehen? Aber er tat, was Loki sagte und ging zurück.

„Kannst du mal aufhören, in meinem Ohr zu krabbeln. Das kitzelt", schimpfte Gilby.

Die Fliege flog heraus und vor dem Jungen tauchte Loki in seiner göttlich-menschlichen Gestalt auf. Groß, schlank und muskulös. Das lange schwarze Haar schmiegte sich wallend um sein blasses Gesicht. In seinen blaugrünen Augen spiegelte sich Spott. Sein goldenes Kettenhemd erleuchtete den dunklen Wald. Gilby schaute erst fasziniert auf Loki und dann nach oben.

„Keine Sorge. Hier ist der Wald dicht genug. Die Raben sehen uns nicht."

Tatsächlich bestand der Himmel hier nur aus dunkelgrünen Gewächsen, die über ihnen wie ein undurchdringliches Gewölbe ineinander verwoben waren.

„Warum dürfen die Raben uns nicht sehen?", fragte Gilby. „Hat Odin dich nicht geschickt?"

„Odin sagte mir, dass du mich gerne bei Angurboda dabei hättest, um ihr Spielzeug weg zu nehmen", wich Loki aus.

„Ja, das ist doch bestimmt einfach für dich", freute Gilby sich.

Loki wiegte den Kopf hin und her. „Einfach ist es auch für mich nicht. Angurboda gibt nicht gerne her, was ihr gehört."

„Aber Ylva gehört ihr doch gar nicht."

„Das sieht Angurboda sicher anders. Aber ich will versuchen, dir zu helfen. Doch erst musst du mir helfen."

Gilby raufte sich seinen roten Schopf. Wieso musste er als Nordjunge ständig den Göttern helfen?

„Was soll ich tun?"

„Meinen Sohn befreien", gab Loki knapp von sich.

„Den Fenriswolf?" Gilby japste nach Luft.

„Ja."

„Warum befreist du ihn nicht selbst?"

„Ich kann ihn nicht befreien. Skuld, eine Norne, sagte mir die Zukunft voraus. Wenn ich Fenris befreie, werde ich unter einer Schlange gefesselt, die ihr Gift auf meinen Körper triefen lässt. Ich werde fürchterlichen Qualen ausgesetzt sein."

„Sehr witzig", gab Gilby verärgert von sich. „Dann wird man mich unter einer Schlange fesseln."

„Nein, das wird nicht geschehen. Die Götter brauchen dich."

„Bis Odin Vidars Schuh hat. Halt! Wenn Fenris frei ist, nützt Odin der Schuh gar nichts mehr", folgerte Gilby.

„Du bist ein schlaues Kerlchen", spottete Loki.

Gilby philosophierte weiter: „Fenris soll ja nur wegen dieser blödsinnigen Prophezeiung getötet werden. Ich hab Odin schon gesagt, dass man die Prophezeiung ändern muss. Aber er lachte mich nur aus und meinte, das geht nicht. Fenris tat mir schon gleich leid, als ich die Geschichte hörte. Erst zieht man ihn auf, füttert ihn und dann fesselt man ihn hinterlistig. Und gerade Tyr legt ihm seine Hand ins Maul, dem der Wolf vertraute. Und Tyr nennt sich auch noch Gott des Rechts." Gilby hatte sich in Rage geredet und seine Gesichtsfarbe war ebenso rot wie sein Schopf geworden.

Der Feuergott schaute Gilby tief in seine stahlblauen Augen.

„Du machst es? Du befreist Fenris?"

„Das wollte ich sowieso. Aber erst wollte ich Odin den Schuh bringen. Es geht doch um meinen Vater", gab Gilby zu bedenken.

„Wenn Odin den Schuh hat, ist es zu spät für Fenris. Vidar wird ihn sofort töten."

„Schwafle keinen Quatsch", entgegnete Gilby. „Nach Odins blödsinniger Prophezeiung soll das erst an Ragnarök geschehen, nachdem Fenris Odin gefressen hat."

„Dir macht man wirklich so leicht nichts vor", stöhnte Loki.

„Wird er mir nichts tun? Odin sagt, es ist eine Bestie."

„Dazu wurde er gemacht. Ich weiß aber, dass er sich nichts sehnlicher wünscht, als seine Freiheit. Fenris ist ein Wildtier."

„Er ist schon einmal verraten worden. Er wird mir nicht trauen", zweifelte Gilby.

„Einfach wird's nicht", gab Loki zu. „Du musst es geschickt anstellen. Beißen oder fressen kann er dich jedenfalls nicht."

„Wieso nicht?"

„Weil sein Maul durch ein Schwert gesperrt ist. Man stopfte es ihm senkrecht hinein."

Gilby schlug sich die Hände vor das Gesicht. Was waren das für Götter? Und die hatte er so verehrt.

„Das Schwert nehme ich ihm nicht raus", bestimmte Gilby.

„Das brauchst du auch nicht. Das werde ich machen", beruhigte Loki den Jungen.

Gilby missfiel die neue Reihenfolge. Es würde noch länger dauern, bis er seinen Vater zurückbekam.

„Wird Odin keinen Verdacht schöpfen, wenn es jetzt noch länger mit dem Schuh dauert?"

„Ich denke nicht. Odin weiß, dass du einen beschwerlichen Weg vor dir hast."

Gilby dachte an die Raben. „Und was ist mit Hugin und Munin?"

„Odin sendet die Raben mit Sonnenaufgang aus und mit Sonnenuntergang kehren sie wieder zurück. Deshalb warten wir jetzt, bis es dunkel wird. Und dann gehen wir nach Asgard."

„Nach Asgard?" Gilby blieb die Spucke weg.

„Ja, natürlich. Denn dort ist Fenris gefesselt."

„Ach ja, da hätte ich auch selbst drauf kommen können. Wie kommen wir dorthin? Doch nicht über Bifröst?"

„Nein, über Bifröst können wir nicht. Heimdall würde uns nicht passieren lassen. Und außerdem wüsste Odin dann auch Bescheid. Wir werden fliegen", haute Loki raus.

„Nein!", schrie Gilby auf. Er schüttelte heftig den Kopf, dass seine roten Haare wie Flammen züngelten. „Nicht schon wieder. Hast du etwa auch einen Wagen? Vielleicht gezogen von Mäusen?"

Loki lachte. „Wir fliegen auf Sleipnir."

„Wer oder was ist Sleipnir?"

„Sleipnir ist ein Pferd und mein Sohn."

„Sleipnir ist ein fliegendes Pferd? Du bist Vater von komischen Kindern - oder besser Tieren", stellte Gilby fest.

„Ich bin nicht Sleipnirs Vater, ich bin seine Mutter."

„Wie bitte? Veralbere mich nicht."

Loki grinste. „Ich veralbere dich nicht. Ich verwandelte mich in eine Stute, ließ mich von einem Hengst decken und gebar Sleipnir."

Gilby schüttelte den Kopf. Es war alles unglaublich.

„Warum hast du das gemacht?", fragte er.

„Ach, das ist eine längere Geschichte. Vielleicht erzähle ich sie dir irgendwann. Jetzt haben wir dafür keine Zeit. Es wird dunkel. Komm Gilby, wir gehen wieder in den lichteren Wald."

Gilbys Gedanken rotierten, während sie sich durch die Gewächse wühlten.

„Hugin und Munin werden Odin berichten, wenn sie mich morgen im Eisenwald nicht finden", überlegte er.

„Sie werden dich aber finden. Wenn ich dich zu Fenris gebracht habe, fliege ich auf Sleipnir schnell zurück und verwandele mich in dich", kommentierte er gelassen.

Gilby war baff, aber gleichzeitig erzürnt.

„Du willst mich mit Fenris alleine lassen?"

„Es wird dir nichts geschehen. Wir dürfen keinen Verdacht erregen."

Das leuchtete Gilby zwar ein, dennoch war er mit dem Plan unzufrieden. Aber Loki schien alles gut kalkuliert zu haben. Und er selbst wollte ja auch an dieser blöden Prophezeiung drehen, die angeblich sogar Midgard vernichten würde. Hoffentlich ging alles gut.

„Aber wenn du mir hilfst, brauchen wir Ylva doch gar nicht mehr?", fiel Gilby ein.

„Doch. Ylva hat besondere Fähigkeiten, die ich nicht habe."

„Du kannst dich verwandeln. Was Besseres geht nicht."

„In was sollte ich mich bitte verwandeln, um an Nidhögg vorbei an Vidars Schuh zu gelangen?"

Darauf wusste Gilby auch keine Antwort. Was war mächtiger als ein Drache?

„Du könntest dich in einen Drachen verwandeln, der größer und stärker ist als Nidhögg."

„Vergiss es, Gilby. Unsere Flammen würden die Höhle zerbersten und wir würden lebendig begraben werden. Nein, wir brauchen Ylva – oder besser du."

„Du kommst doch mit zu Angurboda?", fragte Gilby ängstlich nach.

„Ja, keine Sorge. Aber ich sagte dir schon, ich weiß nicht, ob ich etwas ausrichten kann. Ich werd's versuchen. Versprochen."

Fenris Befreiung

Als sie den lichteren Wald erreichten, war es dunkel geworden. Loki pfiff und Gilby vernahm das Geräusch galoppierender Hufe. Es rauschte kurz in den Blättern der Bäume und schon landete ein grauweißes Pferd mit einer Mähne und einem Schweif weiß wie Schnee vor ihren Augen.

„Es hat acht Beine!", rief Gilby überrascht.

„Irgendwo muss seine Schnelligkeit ja herkommen", spottete Loki.

„Ist es schneller als Thors Ziegenböcke?"

„Um ein Vielfaches."

Gilby hob abwehrend beide Arme. „Dann steige ich da nicht auf."

Loki guckte ihn scharf an. „Gut. Dann geh deinen Weg allein."

„Bitte Loki, gibt es keine andere Möglichkeit nach Asgard zu gelangen?"

„Nur Bifröst und das scheidet aus. Na komm, es ist überhaupt nicht schlimm."

Sleipnir wieherte zustimmend.

Loki packte den Jungen und hob ihn auf das Pferd. Dann sprang er selbst hinauf, schnalzte mit der Zunge, Sleipnir lief los und erhob sich sofort in die Luft.

Gilby umklammerte Loki fest wie zuvor Thor und wartete auf Schauderhaftes. Doch nichts dergleichen geschah. Sleipnir galoppierte nicht, er flog nicht – er glitt dahin wie ein Drachenboot auf ruhiger See, nur sehr viel schneller. Gilby lockerte den Griff um Loki und öffnete die Augen. Die Nacht wurde von funkelnden Sternen erhellt. Ab und zu kreuzte eine Sternschnuppe ihren Weg. Der Mond schien greifbar nah und es schien Gilby, als lächelte er ihm zu. In der Ferne sah er ein dreistrahliges Leuchten – Bifröst. Darunter züngelten Flammen in einer riesigen Schlucht. Entfernt nahm er goldenes Leuchten war. Asgard! Es war wunderschön und Gilby hätte noch stundenlang auf Sleipnir dahin gleiten können.

Aber sie waren schon da und der Rappen setzte zur Landung an, die er ebenso sanft vollbrachte wie den Flug.

„Ich bin in Asgard", stellte Gilby aufgeregt fest. Er war so beeindruckt, dass er für den Moment alles vergaß.

„Komm, wir müssen weiter", holte Loki ihn aus seinen Träumen zurück.

Von da an folgten die Kommandos so schnell, dass Gilby kaum folgen konnte.

„Ich zeige dir jetzt, wo Fenris gefesselt ist. Es sind nur ein paar Schritte. Ich muss sofort auf Sleipnir zurück. Du hast Skidbladnir in der Tasche? Das Schiff wirst du brauchen. Wir sind auf einer Insel, damit Fenris nicht entkommen kann, falls es ihm doch gelingen sollte, sich zu befreien. Du wirst mit Fenris auf das Schiff gehen. Skidbladnir bringt euch an eine sichere Stelle. Dort wartet ihr, bis ich zurück bin. In der Morgendämmerung bringe ich dich mit Sleipnir schnell zurück zum Eisenwald. Dort gehst du weiter, während ich zurück fliege, um Fenris in Sicherheit zu bringen und ihm das Schwert aus dem Maul zu lösen. Du sagst niemandem, dass du mich getroffen hast. Bis du bei Angurboda bist, bin ich wieder bei dir."

„Moment....", fing Gilby an, kam aber nicht weiter.

Loki fasste ihn an der Schulter, um ihn zu stoppen. Er bog Zweige eines Strauches auseinander und Gilby erblickte den Wolf. Alles, was er sagen wollte, löste sich in Rauch auf. Sein ganzer Körper brannte vor Schmerz, als er das Tier sah.

Der Wolf war riesig. Er kam Gilby noch größer als ein Pferd vor. Gilby erkannte, wie schön das Tier einst gewesen sein muss. Die Statur, die Farbe und der Wuchs des Fells, welches immer noch sehr dicht war. Doch die jahrelange Gefangenschaft hatte Spuren hinterlassen. Das Fell war stumpf, die Flanken eingefallen. Die Bänder waren so um die Gelenke über den Pfoten und jedes an einen Fels gespannt, dass sich Fenris noch nicht einmal hinlegen konnte. Zum Maul mochte Gilby kaum blicken. Das Schwert ließ nicht zu, dass Fenris seinen weit auseinander klaffenden Kiefer schließen konnte. Geifer tropfte unablässig aus seinem Maul und hatte über die Jahre einen gelblich- glibberigen Fluss gebildet.

„Es ist schrecklich, was die Götter mit ihm gemacht haben", murmelte Gilby. „Vielleicht wäre er gar nicht böse geworden."

„Er ist nicht böse, aber voller Hass", antwortete Loki. „ Er hatte nie eine Chance."

Gilby stimmte Loki von ganzem Herzen zu. Die Götter kamen ihm gar nicht mehr göttlich vor. Er stellte sich vor, wie sie den Welpen gefüttert und mit ihm gespielt hatten. Und dann handelten sie so grausam, nur weil Fenris so groß wurde und wahrscheinlich auch, weil er sehr schlau war.

„Ich habe noch nie so einen großen Wolf gesehen", stellte er ehrfürchtig fest.

„Nun, er stammt eben von einer Riesin ab", verkündete Loki. Er klopfte Gilby auf die Schulter und sagte: „Ich muss jetzt los. Du weißt, was du zu tun hast." In dem Moment war er verschwunden.

Gilby stand aufgewühlt da. Erst jetzt viel ihm wieder ein, was er machen sollte und das alles ganz alleine. Oder besser in der Gesellschaft eines Riesenwolfes. Was dachte Loki sich dabei, dass er auch noch mit Fenris auf das Schiff sollte? Selbst wenn er nicht beißen konnte, ein Sprung auf ihn würde ihn töten.

Alles Grübeln half nichts. Gilby war auf sich allein gestellt und er musste seine Aufgabe erledigen. Er trat aus dem Gebüsch. Der Wolf drehte den Kopf in seine Richtung und gab ein kehliges Knurren von sich, welches dem Knarren einer Kröte glich. Mehr war ihm nicht möglich mit dem Schwert im Maul und der ausgetrockneten Kehle. Gilby sprang in sicherer Entfernung über den Geiferfluss. Fenris Augen funkelten Gilby glühend rot an, er zog die Lefzen hoch und zeigte seine Zähne, die wie Dolche blitzten. Gilby sah, dass Fenris jedes Vertrauen verloren hatte und verstand es.

„Ich komme jetzt zu dir", sprach Gilby mit leiser, aber zittriger Stimme auf den Wolf ein. „Ich werde dich befreien und du wirst mir nichts tun."

Fenris schien irritiert, sein Knurren verstummte, die Augen wurden gelb und starrten ungläubig auf den Jungen.

Gilby überlegte, wie er es anstellen sollte. Das Band an den Pfoten zu lösen, schien ihm zu waghalsig. Besser wäre es, die Bänder durchzuschlagen, die zu den Felsen führten. Er zog sein Schwert und hieb es auf das erste Band am Hinterlauf. Fenris drehte verdutzt den Kopf. Das Band hielt. Gilby fiel ein, dass es ein magisches Band war. Er versuchte es ein zweites Mal, doch nichts geschah. Er war ratlos. Er schaute auf das Schwert in Fenris Maul. Vielleicht war auch das magisch? Erzählt hatte ihm das niemand. Er musste es versuchen und stellte sich neben Fenris Kopf.

„Du musst deinen Kopf senken, sonst komme ich nicht an das Schwert in deinem Maul."

Gilby erkannte am Blick des Wolfes, dass dieser genau wusste, was er vorhatte.

Fenris schob seinen Kopf nach unten, soweit es ging. Gilby positionierte sein Schwert hinter dem des Wolfes. Fenris winselte, hielt aber ganz still.

„Was für ein kluges Tier du bist", sprach Gilby und wieder brach es ihm das Herz, was man mit ihm gemacht hatte. Welche Qualen all die Jahre. Und wieder verachtete er die Götter.

„Es wird etwas weh tun", warnte Gilby noch und hieb gleichzeitig mit einem kräftigen Schlag gegen das Schwert im Maul. Metall klirrte laut aufeinander und Fenris heulte so tief, dass Gilby es in seinem ganzen Körper spürte. Im hohen Bogen flog das Schwert davon. Gilby wich zurück. Er wollte kein Risiko eingehen. Fenris versuchte, sein Maul zu schließen, doch es ging nicht. Zu lange war sein Kiefer gespannt gewesen. Bei allem Mitleid mit dem Wolf beruhigte Gilby dies. So konnte Fenris ihn wenigstens nicht zwischen seinen Zähnen zermalmen.

Gilby hob das Schwert auf und schaute es genau an. Es schien aus purem Gold zu sein, doch dafür war es zu leicht. Außer an der Spitze, an der noch Fenris Blut und Fleischfetzen klebten, wirkte es wie erst gestern geschmiedet. Vorsichtig strich Gilby an den Klingen entlang. Sie waren viel schärfer als die seines Schwertes.

Er begab sich wieder zum Hinterlauf des Wolfes, hieb auf das Band und durchtrennte es mit einem Schlag. Gilby wich schnell zurück. Fenris schaute überrascht nach seinem freien Hinterlauf. Er hob das Bein leicht, um es sofort jaulend wieder aufzusetzen.

„Ach, es tut dir weh. Kein Wunder, du konntest das Bein viele Monde nicht bewegen. Das wird wieder", beruhigte Gilby den Wolf.

Er hieb das nächste Band am anderen Hinterlauf durch und gleich danach an einem Vorderbein. Das Schwert glitt durch die Bänder als wäre sie aus Butter.

Fenris tänzelte auf drei Beinen, die immer wieder einknickten. Gilby hatte Furcht, das letzte Band zu durchtrennen. Denn dann war Fenris frei.

Er trat vor den Wolf. „Wenn du frei sein und nicht getötet werden willst, musst du mir vertrauen. Hörst du, du musst! Du merkst doch, dass ich es gut mit dir meine, oder?"

„ürrrrr....", gab Fenris kehlig und heiser von sich. Seine Kiefer klafften immer noch auseinander und Geifer floss weiter aus seinem Maul.

Gilby überlegte, was der Wolf ihm sagen wollte. „Meinst du Tyr?"

Fenris nickte und seine Augenfarbe wechselte von gelb nach rot.

„Höre mir zu, Fenris", befahl Gilby. „Ich verstehe deinen Zorn. Du hast Tyr vertraut und er hat dich verraten. Doch jetzt geht es erst einmal um deine Befreiung. Du musst mir versprechen, mir zu folgen und zu gehorchen. Nur dann werde ich das letzte Band durchtrennen und dich von der Insel bringen. Und du wirst bei mir bleiben, bis dein Vater zurückkommt. Verspreche es!"

Fenris schaute Gilby mit gelben Augen an und konnte nur nicken. Gilby musste sich darauf verlassen und hieb die letzte Fessel durch. Fenris machte mit wackligen Beinen einen Schritt auf Gilby zu. Dem stockte der Atem, als er das weit auseinander klaffende Maul direkt vor seinem Gesicht sah. Fest umfasste er den Knauf des Schwertes. Ihm wurde übel von dem nach Geifer stinkenden Atem. Dann fuhr eine trockene Zunge über das Gesicht des Jungen. Gilby atmete erleichtert auf und lehnte sich gerührt an Fenris Brust. Jetzt wusste er, Fenris wäre ohne die Hinterlist der Götter nie böse geworden. Aber er musste aufpassen. Es schien, als sann Fenris auf Rache.

„Wir müssen hier weg. Kannst du laufen?", fragte Gilby.

Fenris tat einige Schritte, knickte aber immer wieder ein. Eine Mischung aus Jaulen und Knurren drang aus seiner Kehle.

„Na komm", ermutigte Gilby ihn. „Es ist nicht weit."

Geifernd schlurfte Fenris neben Gilby her. Doch der Wolf war stark und lief mit jedem Schritt besser. Sie erreichten das Ufer. Gilby kniete sich nieder, tauchte einen Finger ins Wasser und schmeckte es. Es war nicht salzig. Er nahm seinen Trinkbeutel und füllte ihn.

„Lege dich hin und halte dein Maul hoch. Ich gebe dir zu trinken."

Der Wolf gehorchte und langsam ließ Gilby das Wasser in dessen Kehle tropfen. Fenris würgte und röchelte, bevor er schlucken konnte. Gilby schaute sich um und fand Flechten auf dem Boden. Er löste sie und feuchtete sie im Wasser an. Vorsichtig wischte er Fenris Maul aus und entfernte den Geifer. Noch einmal füllte er den Trinkbeutel. Dankbar schluckte Fenris nun die Tropfen und schleckte sich mit seiner Riesenzunge ums Maul.

Gilby zog das Tuch aus seiner Brusttasche und entfaltete Skidbladnir diesmal direkt über dem Wasser. Das Ufer lag höher. So würde Fenris leichter einsteigen können. Er schaffte es und Gilby sprang hinterher. Skidbladnir glitt sanft, aber zügig auf dem Gewässer dahin. Gilby stellte sich an den Bug und beobachtete gespannt, wo das Schiff hinfuhr. Es wurde Zeit. Die Sonne würde bald den Mond verjagen und dann müsste Loki zurück sein, um ihn in den Eisenwald zu bringen.

„Was Loki wohl sagen wird, dass ich dich von dem Schwert befreit habe", überlegte Gilby. Er fühlte sich stolz und Fenris gab ein Geräusch von sich, das sich wie das Schnurren einer erkälteten Riesenkatze anhörte.

Gilby erblickte das Ufer. Es war ein bewaldetes und felsiges Gelände. Kurz darauf legte Skidbladnir an. Gilby und Fenris sprangen vom Schiff. Der Wolf bewegte sich schon fast ohne Probleme. Gilby faltete

Skidbladnir zusammen und steckte es wieder in seine Brusttasche. Sie gingen auf einen Felsen zu, der in Wald eingebettet war. Gilby sah eine Öffnung im Fels und tastete sich hinein. Es schien eine Höhle zu sein.

„Hier sind wir sicher, bis dein Vater kommt", sprach er zu Fenris, der dem Jungen gehorsam folgte.

Fenris legte sich nieder und stieß ein wohliges Knurren aus. So lange Zeit hatte er nicht liegen können. Gilby kuschelte sich an seinen Körper und schlief sofort ein.

Die Stimme Lokis weckte ihn aus seinen Träumen.

„Da seid ihr ja", rief er erfreut.

Fenris sprang auf und jaulte. Loki umarmte seinen Sohn.

„Endlich hat deine Qual ein Ende. Wo ist das Schwert?", fragte er verwundert.

„Ich hab es entfernt", antwortete Gilby stolz. „Ich konnte Gleipnir mit meinem Schwert nicht durchtrennen. Aber mit dem Schwert aus Fenris Maul funktionierte es."

„Du bist mein treuester Freund", lobte Loki. „Und wie ich sehe, hat Fenris dich nicht gefressen", fügte er lachend hinzu.

„Kann er ja auch nicht. Sein Kiefer klafft ja immer noch auseinander. Aber ich gab ihm Wasser und hab sein Maul ausgewischt."

„Glaub mir, Gilby. Wenn er gewollt hätte, hätte er dich trotzdem getötet."

„Ja, er ist nicht böse. Die Götter sind es."

„Du musst jetzt wieder in den Eisenwald", bestimmte Loki. Er befahl Fenris, in der Höhle zu warten, bis er wieder zurück ist.

Gilby überlegte, ob er das Schwert aus Fenris Maul mitnehmen sollte. Es schien magisch zu sein. Doch dann entschied er sich dagegen. Er würde seines behalten, welches sein Vater für ihn schmiedete. Er verabschiedete sich von dem Wolf und verließ mit Loki die Höhle. Davor wartete Sleipnir. Und schon saßen beide auf und glitten auf dem Hengst durch die Dämmerung.

Naira

Sanft setzte Sleipnir auf. Die Gegend kam Gilby fremd vor. Bäume mit Eisenadern standen jetzt zwischen hohen Felsen.

„Wo sind wir?", fragte er.

„Im Eisenwald einen Tagesmarsch weiter. Ich bin doch in deiner Gestalt weiter gelaufen. Schon vergessen?" Loki zeigte auf einen Felsenberg. „Die Richtung gehst du. Dort findest du Angurboda."

„Du kommst doch auch dorthin?", fragte Gilby.

„Ja, Junge. Ich sagte es dir doch", reagierte Loki unwirsch. „Ach ja, gib mir Skidbladnir."

„Nein, wieso denn?", maulte Gilby.

„Gib es mir. Du brauchst das Schiff hier nicht mehr. Aber ich brauche es."

Loki wirkte ungehalten. Deshalb rückte er das Tuch lieber heraus. Er brauchte Lokis Hilfe noch. Loki nahm das Tuch an sich und sprang auf den Hengst, der sich sofort in die Luft erhob.

Schon wieder stand Gilby alleine da, in einer anderen Welt, in einer unheimlichen Welt.

Er bewegte sich zwischen den Bäumen fort. Noch war der Wald nicht so dicht, doch das änderte sich bald. Er brauchte sein Schwert, um sich durch das Dickicht zu wühlen. Von Stamm zu Stamm schlängelten sich sonderbare Pflanzen und er schlug sich den Weg frei. Er hoffte, die richtige Richtung zu gehen, denn den Berg konnte er in dem dichten Wald nicht mehr sehen.

Es wirkte still und friedlich, so still, dass es Gilby unheimlich war. Kein Geräusch drang in seine Ohren, kein Blatt bewegte sich, kein Tier war zu sehen.

Er schreckte zusammen, als die Blätter plötzlich raschelten, obwohl kein Luftzug ging. In seinem Haar krabbelte etwas und Gilby griff danach. Es fühlte sich an, als würden Ameisen durch seinen roten Schopf laufen. Dann hörte er eine Melodie, gesungen mit Worten, die er nicht verstand.

„Hallo, wer ist da?" Gilby schaute um sich.

Ein glockenhelles Lachen kam als Antwort.

„Zeige dich", befahl Gilby.

Transparent wie Kristall entstand langsam ein Wesen vor Gilby. Der Junge riss die Augen auf. Die Gestalt vor ihm blendete ihn wie Gold und sie war schöner als die Sonne. Sie trug ein Gewand aus dünnem Tüll, welches ohne Wind um ihren Körper wehte. Sie war zierlich, nur halb so groß wie er. Ihr elfenbeinfarbenes Haar spielte um ihr Gesicht. Er sah, dass ihre Ohren spitz waren und sie auf dem Rücken durchsichtige Flügel trug.

„Du bist Gilby", säuselte sie.

„Du bist doch nicht etwa Ylva", fragte Gilby entsetzt. So ein zierliches Wesen konnte ihn doch niemals bei seinem Auftrag unterstützen. Außerdem war Ylva bei Angurboda, erinnerte er sich.

„Nein, ich bin Naira und werde dir helfen, deine Gefährtin Ylva zu befreien."

„Was für ein Glück. Ich dachte schon…".

„Was dachtest du, Nordjunge? Dass ich nicht als deine Gefährtin tauge?" Nairas Miene wurde finster.

„Naja, ich finde, du bist zu klein für große Aufgaben", zog Gilby sich aus der Affäre.

„Wie du meinst. Dann viel Glück.", und Naira verschwand ebenso schnell, wie sie erschienen war.

Gilby erkannte, dass er leichtsinnig gewesen war. Ein Wesen, welches windlos wehend vor ihm steht, sich unsichtbar machen kann und Flügel hat, könnte doch ganz brauchbar sein. Und es wäre mit ihr auch nicht ganz so unheimlich im Eisenwald.

„Naira, komm zurück. Es tut mir leid", brüllte Gilby in den Wald hinein.

Ängstlich und gleichzeitig hoffnungsvoll nahm er ihr Lachen wahr. „Du willst es also doch mit mir versuchen?", erklang es glockenhell.

„Ja", antwortete Gilby erleichtert. „Du bist nicht zu klein. Aber Loki will mir helfen, Ylva zu befreien."

„Kann schon sein", säuselte Naira, während sie um Gilby schwirrte. „Aber vorher muss du unbeschadet bei Angurboda ankommen."

„Das ist kein Problem. Ich habe mein Schwert."

„Das wird dir wenig helfen, wenn du auf Riesen, Trolle und Dämonen triffst. Und wenn der Wald anfängt, zu leben."

Ungläubig schaute Gilby Naira an. Davon hatten weder Odin noch Loki ihm etwas erzählt.

„Wie witzig. Wie stellst du dir das vor. Wir beide gegen Riesen und Trolle", vergaß Gilby sich erneut.

Naira blitzte Gilby kriegerisch an. Er erschrak, wie sich ihr Aussehen wandelte. Ihre Haut färbte sich dunkel und ihre Zähne wurden spitz wie Drachenkrallen. Sie flatterte wild mit den Flügeln und erhob sich vom Boden.

„Du handelst im Auftrag der Götter. Du hast einen Eid bei Uller geschworen. Du musst den Eid und dein Versprechen einlösen, sonst trifft dich der Zorn Ullers. Alles schon vergessen, Nordjunge?"

Gilby duckte sich unter den forschen Worten. Naira zeigte ihre Wut mit jeder Faser ihres Körpers. Und sie hatte Recht. Er schämte sich.

„Du hast Recht, Naira. Entschuldige. Was machen wir jetzt?"

„Zuerst müssen wir Drudenkraut finden."

„Was ist das?"

„Ein Zauberkraut. Ich zeige dir, was du damit machen kannst."

Das klang spannend. Gilby würde zaubern lernen. Der Gedanke erfreute ihn.

„Ich fliege voraus. Bleib dicht hinter mir", befahl Naira.

Gilby folgte der fliegenden Elfe, die leise eine Melodie summte. Er fühlte sich jetzt sehr wohl in Nairas Gegenwart. Der Eisenwald war nicht mehr so beklemmend still.

„Stopp", zischte Naira und flatterte auf der Stelle.

Gilby schaute an ihr vorbei. Silbrige Fäden mit winzigen Krallen hingen vor ihnen an den Ästen und reichten fast bis zum Boden.

„Was ist das?", fragte er.

„Giftiger Spinnenbart. Wir dürfen es nicht berühren, dann hält es uns fest und wickelt uns ein."

„Oh! Ich kann es doch mit meinem Schwert…"

„Nein, kannst du nicht. Es krallt sich auch dein Schwert, wenn es den Spinnenbart berührt."

Gilby ärgerte sich, dass er nicht doch das Schwert aus Fenris Maul mitgenommen hatte. Aber er war froh, dass Naira so viel mehr wusste als er. Seine Reise wäre hier sonst zuende gewesen.

„Und was machen wir nun?"

Statt einer Antwort flog Naira hoch.

„Oben ist kein Spinnenbart. Ich werde darüber hinweg fliegen. Du wartest, bis ich auf der anderen Seite bin. Dann legst du dich auf den Bauch und robbst unter durch. Hebe nicht den Kopf. Ich sage dir, wo du lang kriechen musst."

„Das klingt nicht gut für mich", stellte Gilby mit skeptischem Blick auf den Spinnenbart fest.

„Ist es auch nicht", antwortete Naira knapp und flog über die Äste.

Gilby suchte sich eine Stelle, an der die Fäden nicht so tief reichten und legte sich davor hin. Naira stand auf der anderen Seite.

„Krieche los, erst geradeaus", rief sie.

Gilby lag flach auf dem Boden und robbte sich vorwärts wie ein Wurm.

„Jetzt nach rechts, aber nur etwas, daneben hängt der nächste Faden. Ja, gut. Da bist du durch. Jetzt nochmal nach rechts. Und Kopf unten lassen. Der Spinnenbart hängt sehr tief."

Gilby schlurfte mit dem Gesicht direkt über den Waldboden. Die Erde fühlte sich eiskalt an und roch faulig.

„Vorsicht Gilby. Die Beine nach links, nur die Beine!"

Gilby schob die Beine nach links, ohne sich weiter vor zu bewegen. Plötzlich berührte ihn etwas am Bein und er wurde panisch.

„Weiter, Gilby, es ist nichts. Nur ein Drachendorn."

Das hörte sich für Gilby gerade nicht nach *nichts* an, aber er kroch weiter.

„Du hast es geschafft und kannst aufstehen", vernahm er erleichtert Nairas Stimme.

Gilby säuberte sein Gesicht und drehte sich um. Entsetzt riss er die Augen auf. Die Schlangenwurzeln der Bäume bewegten und kringelten sich. Dornen ragten aus ihnen heraus. Wo vor wenigen Sekunden Gilby robbte, griffen sie jetzt ins Leere.

Gilby schaute Naira böse an. „Du hast das gewusst."

„Natürlich, aber wenn ich dir das auch noch gesagt hätte, wäre deine Hose jetzt nass oder du würdest immer noch vor dem Spinnenbart stehen. Nun guck nicht so böse. Glaubst du mir jetzt, dass du es ohne mich niemals zu Angurboda schaffst?"

„Ja, du hast wohl Recht. Ich bin auch froh, dass du da bist. Aber trotzdem hättest du es mir sagen müssen."

„Es hätte nichts verbessert. Lass uns weiter."

„Kommt noch mehr sowas?"

„Es kann noch viel schlimmer kommen. Der Eisenwald wirkt tot, aber er lebt, wie du eben gesehen hast. Das macht ihn so gefährlich. Deshalb müssen wir Drudenkraut finden."

Gilby fröstelte nach Nairas Worten. Doch tapfer folgte er ihr.

„Da, schau", rief sie plötzlich aus. „Da ist es. Ein ganzes Feld Drudenkraut."

Gilby staunte. So etwas hatte er noch nie gesehen. In dem Dunkel des Waldes erhoben sich dicht an dicht lange Stängel als wollten sie mit den Bäumen konkurrieren. Am oberen Ende bildeten sich jeweils zwei Seitenäste, an der so etwas wie Ähren direkt nebeneinander standen. Sie hatten eine helle grüngelbe Farbe, wodurch das Feld den Wald erleuchtete. Unterhalb wuchs ein Wirrwarr von kleinen filigranen Blättern, die an eine Mischung aus Farn und Tanne erinnerten.

„Das sieht schön aus", fand Gilby.

„Nicht nur das. Es ist auch sehr nützlich", schwärmte Naira und flog auf das Feld zu.

Gilby folgte ihr gespannt.

Naira landete direkt in dem Blattwirrwarr. „Hilf mir beim Pflücken", forderte sie Gilby auf.

Fleißig sammelten beide die Blätter. Als Naira fand, dass sie genug hatten, zeigte sie Gilby die Sporen, welche an den Blättern hafteten.

„Die müssen wir abstreifen. Aber vorher brauchen wir etwas, womit wir sie auffangen können. Es muss etwas festes sein, um sie hinterher zu einem Pulver zermahlen zu können. Dann haben wir Hexenmehl."

„Was machen wir mit Hexenmehl?", erkundigte Gilby sich neugierig.

„Warte es ab. Du wirst staunen." Naira schaute sich suchend um und fand eine flache Steinplatte.

Emsig streiften sie die Sporen ab, die sie anschließend mit einem runden Stein zermahlten.

„So, unser Hexenmehl ist fertig", freute Naira sich.

„Jetzt schneiden wir die langen Stiele ab. Achte auf einen sauberen Schnitt."

Beide zückten ihre Messer und machten sich ans Werk.

„Willst du mir nicht erstmal zeigen, was wir mit dem Hexenmehl machen?", fragte Gilby ungeduldig.

„Dazu brauchen wir die Stiele, Nordjunge."

Gilby war lieber still. Wenn Naira ihn *Nordjunge* nannte, war sie genervt. Soviel hatte er begriffen.

Als sie genug Stiele hatten, wies Naira Gilby an, unter der Verzweigung der Ähren einen Schnitt zu machen.

Endlich war es soweit. Sie stopfte sich etwas Hexenmehl in den Mund, hielt einen Stiel davor und blies kräftig hinein. Gilby zuckte zurück. Eine gigantische Stichflamme schoss aus dem anderen Ende des Stiels.

„Da staunst du, was?"

Gilby war wirklich perplex. „Das will ich auch versuchen."

Er tat es Naira gleich und erzeugte ebenfalls eine gewaltige Flamme.

„Das ist fantastisch", rief Gilby begeistert.

„Allerdings", stimmte Naira zu. „Und nun nehmen wir die Ähren und öffnen sie. Da drin sind noch mehr Sporen. Die zermahlen wir auch."

„Machen die auch Feuer?" Gilby war ganz aufgeregt.

„Nein, aus den Sporen können wir Teufelsmehl machen. Das ist ein Zaubermehl."

„Oh ja, lass uns beginnen." Gilby war kaum zu bremsen. Er war sehr gespannt, was man mit dem Mehl zaubern kann.

Naira hatte schon einige Ähren geöffnet, während Gilby andächtig mit seinen Fingern daran streifte. „Was ist? Warum machst du nicht mit?", fragte sie. „Sie fühlen sich schön an, irgendwie pelzig wie Bären."

„Kann schon sein, aber wir sind nicht zum Streicheln hier." Naira schüttelte den Kopf.

Als sie fertig waren, schaute Gilby Naira erwartungsvoll an. Doch sie stopfte sich das Mehl einfach in ihre Tasche und diktierte Gilby, sich auch davon zu nehmen. Auch das Hexenmehl und die Stiele packten sie ein.

„Merke dir nur gut, in welcher Tasche du welches Mehl hast", sagte Naira.

„Kein Problem. Aber was mach ich denn mit dem Teufelsmehl?"

„Du bist zu ungeduldig, Nordjunge. Gib mir dein Schwert."

„Nein, wieso das denn? Ich gebe mein Schwert nicht aus der Hand. Und du bist viel zu klein, um es zu halten." Im selben Moment schlug er sich die Hand auf den Mund. Doch es war zu spät. Naira veränderte sofort ihr Aussehen. Ihre hübschen mandelförmigen Augen wurden zu schmalen Schlitzen, ihre weiße Haut fast schwarz und ihre Zähne lang und spitz. Wild flatterte sie mit den Flügeln.

Hastig zog Gilby sein Schwert und hielt es Naira hin. "Nimm es, aber verschwinde nicht wieder. Es tut mir leid."

„Da hast du gerade noch mal die Kurve gekriegt, Nordjunge", schimpfte sie. „Mach das nicht zu oft."

„Nie wieder", versprach er.

Die Zweifel in Nairas Blick waren Antwort genug.

„Komm, wir suchen eine Stelle mit Erde oder Sand", und schwirrte mit dem Schwert in der Hand umher. Offensichtlich war es ihr nicht zu schwer.

„Hier ist es gut. Nur Erde und keine Gewächse. Selten im Eisenwald."

Naira positionierte sich flatternd in der Luft und hielt die Spitze des Schwertes an die Erde. Dann flog sie im Zick-Zack über die Stelle und zog das Schwert mit sich. Gilby schaute abwechselnd zu Naira und dann wieder zum Boden. Als sie fertig war, sah er einen Stern mit fünf Spitzen.

„Das ist ein Drudenfuß", erklärte sie. „Und du lernst jetzt, selbst einen zu zeichnen. Du darfst nicht absetzen. Er muss in einem Rutsch entstehen. Du fängst an einer Spitze vom Stern an und an derselben Spitze musst du aufhören."

Gilby hatte zwar keine Ahnung, wofür das gut sein sollte, tat aber, was Naira von ihm verlangte. Zunächst hatte er Probleme, den Stern ohne abzusetzen zu zeichnen und die ersten waren schief und krumm. Aber Naira forderte ihn erbarmungslos. Gilby hatte das Gefühl, tausende Drudenfüße in die Erde gemalt zu haben, bis er die Technik blind beherrschte. Erwartungsvoll strahlte er Naira an. Doch sie blieb unbeeindruckt.

„Hat ja lang genug gedauert", kommentierte sie trocken. „Und jetzt malst du einen Drudenfuß mit dem Finger in die Luft."

„Ich will bald mal wissen, wozu das gut sein soll", maulte Gilby.

„Das wirst du noch früher erfahren, als dir lieb ist. Und jetzt mach."

Gilby malte den Stern mit seinem Zeigefinger in die Luft, während Naira dies davor schwirrend kontrollierte. Nach einigen Versuchen war sie zufrieden.

„Und jetzt schau", sagte sie, nahm etwas Teufelsmehl und warf es hoch. Das Mehl formatierte sich zu einem Kreis. Flink malte Naira einen Drudenfuß hinein. Das Gebilde waberte herum, als würde es etwas suchen. Dann löste es sich langsam auf und das Mehl sank zu Boden.

„Und jetzt du", befahl Naira. „Du musst schnell sein, sonst fällt das Mehl herunter, bevor du den Stern hinein gezeichnet hast."

Gilby konzentrierte sich, malte noch einmal einen Drudenfuß ins Leere und warf das Mehl hoch. Der

Kreis bildete sich und flink entstand der Drudenfuß unter Gilbys Finger.

„Na also. Du bist fähiger als ich dachte", gab Naira gönnerhaft von sich. „Jetzt hast du zu deinem Schwert zwei wirksame Waffen gegen Unholde. Einmal das Hexenmehl für Feuer. Und der Kreis aus dem Teufelsmehl ist magisch. Der Drudenfuß da drin schützt dich. Manchmal reicht es auch, einen Drudenfuß auf die Erde zu malen."

Gilby war beeindruckt, fürchtete sich aber gleichzeitig. Naira hatte ihm das sicher nicht aus Langeweile gezeigt.

Bewaffnet mit der Ernte aus dem Drudenkraut schlugen sie sich weiter durch den Eisenwald.

„Ich hab Hunger", jammerte Gilby.

Naira rollte mit den Augen. „Menschen…", gab sie verächtlich von sich. „Hier gibt's wenig Essbares. Vielleicht begegnen wir einem Troll. Daran kannst du nagen."

„Ich bin schon satt", erwiderte Gilby und begnügte sich mit einem Schluck Wasser aus seinem Trinkbeutel.

„Pssst…", zischte Naira plötzlich.

Auch Gilby hatte ein Geräusch in der tödlichen Stille des Eisenwaldes wahrgenommen. Beide lauschten angestrengt und versuchten zu entdecken, wo das Geräusch herkam. Der dunkle Blätterhimmel, verschlungene Gewächse und wabernder Nebel erschwerten die Sicht.

Vor ihnen erschien plötzlich ein Erdhaufen. Eine graue, zottelige Pflanze schien sich den Weg an die Oberfläche bahnen zu wollen. Die Pflanze schnaubte und gab spuckende Geräusche von sich. Es folgte ein tief zerfurchtes Gesicht und dann eine kleine Gestalt. Die grauen Haare standen wirr ab und der Bart reichte bis zu den Füßen, die übermäßig groß, nackt und voller Warzen waren. Gilby unterdrückte Würgereize, die er von dem ekligen Geruch der Kreatur oder dessen Füße bekam.

Der Zwerg schüttelte sich die Erde vom Leib wie ein nasser Hund das Wasser. Dann glotzte er Gilby an.

„Ah… Fresschen", knurrte er.

Naira tuschelte Gilby zu: „Es ist ein Dunkelalb. Er will uns vermutlich tatsächlich fressen. Zumindest dich."

Gilby schnaubte verächtlich. „An dir ist ja auch nichts dran. Wer soll davon denn satt werden?"

„Hör auf zu lästern. Dunkelalben sind nicht zu unterschätzen, selbst wenn sie klein sind. Wir sollten ihn erledigen, bevor er auf dumme Gedanken kommt."

„Ja gut", stimmte Gilby zu und zog sein Schwert. Er zollte dem Wicht keinen sonderlichen Respekt und hoffte, er würde aufhören zu stinken, sobald er ihn abgemurkst hat.

„Nicht das Schwert", wandte Naira ein. „Nimm Hexenmehl."

„Au ja", freute Gilby sich, nahm einen Halm und das Mehl. Er holte noch einmal tief Luft, bevor er das Mehl durch den Halm blies. Eine grelle Stichflamme schoss direkt auf den Alb zu, der sofort auf den Rücken flog. Sein Leib sackte in sich zusammen. Zurück blieb die gegerbte Haut, die sich dampfend auflöste.

Gilby wandte sich ab und hielt sich die Nase zu. Der erbärmliche Gestank war nicht auszuhalten.

„Das hast du gut gemacht", lobte Naira. „Dunkelalben erledigt man mit Feuer oder Licht. Das können die nicht ab."

„Das hab ich gesehen", bestätigte Gilby.

Erleichtert gingen Gilby und Naira weiter. Die Bäume standen nicht mehr so dicht beieinander und erlaubten einen weiteren Blick. Zwischen den Stämmen schimmerten Felsen und Berge hindurch.

„Dort ist Angurbodas Höhle", sagte Naira.

Bei der Riesin Angurboda

Gilbys Herz schlug ihm bis zum Hals. Er war sich nicht mehr sicher, ob er der Riesin begegnen wollte und hoffte auf Lokis Erscheinen.

Auch die Berge waren bewachsen mit Eisenbäumen. Jedoch nicht so dicht. Nur die Niederungen und Spalten bestanden aus dichtem und wirrem Geflecht. Gilby zerschlug es mit seinem Schwert, um sich den Weg zu bahnen. Naira flatterte darüber hinweg.

Plötzlich schwirrte sie mit flinkem Flügelschlag auf der Stelle. „Siehst du dort den Höhleneingang?"

„Ja."

„Lass uns nachschauen."

„Kannst du nicht erstmal alleine vorfliegen?", flüsterte Gilby.

„Hab ich eine Aufgabe zu erfüllen oder du?", fuhr sie den Jungen an.

„Schon gut", gab Gilby seinen Versuch auf und schlich weiter.

Als sie nah genug heran waren, sahen sie zwei Wölfe, die im Höhleneingang lagen und sich die Pfoten leckten.

„Das sind Hati und Skalli. Es muss Angurbodas Höhle sein", sagte Naira.

Über ihnen krächzte es. Gilby schaute nach oben und winkte den beiden Raben zu. Sie würden Odin berichten, dass er dabei war, sein Versprechen zu halten.

„Die Wölfe lassen uns bestimmt nicht so einfach vorbei", befürchtete er. „Aber sie sind hübsch. Fast niedlich, obwohl sie recht groß sind."

„Sicher lassen sie uns nicht vorbei. Sie bewachen das Heim ihrer Großmutter."

„Großmutter?", fragte Gilby nach.

„Ja, Hati und Skalli stammen vom Fenriswolf ab. Also ist Angurboda ihre Großmutter."

„Aber wie konnte er denn...? Wenn er gefesselt war?", wollte Gilby wissen.

„Er wurde erst gefesselt, als er zu groß geworden war. In Freiheit konnte er Kinder zeugen. Hati und Skalli zeugte er mit einer Riesin."

Eine Fliege setzte sich auf Gilbys Nase.

„Loki!", brüllte Gilby freudig auf.

Und schon stand der Feuergott vor ihm und grinste ihn an. „Ich sagte dir doch, dass ich komme. Etwas Vertrauen wäre ganz nett."

„Ich hab ja gehofft, dass du mir hilfst." Gilby hob entschuldigend die Schultern.

„Dann wollen wir mal." Loki schien voller Tatendrang und stapfte auf die Höhle zu. Gilby folgte ihm, während Naira zurück blieb.

„Skalli, was machst du hier?", fragte Loki den Wolf mit dem helleren Fell. „Geh deiner Arbeit nach, du Faulpelz!"

Der Wolf knurrte missmutig, erhob sich aber langsam, streckte seine Glieder und gähnte herzhaft. Dann trottelte er davon, um sich nach ein paar Ellen in die Luft zu erheben.

„Wo fliegt er hin?", fragte Gilby verdutzt.

„Die Sonne jagen. Das ist seine Aufgabe. Heute Nacht jagt Hati den Mond."

„Ah, dann machen die Wölfe also Tag und Nacht", überlegte Gilby.

„So ungefähr, aber an Ragnarök werden sie Sonne und Mond verschlingen. Sagt die Prophezeiung", grummelte Loki.

„Die wir ja ändern", fügte Gilby hinzu und erntete einen freundschaftlichen Knuff.

„Was ist das hier für eine Unruhe?", ertönte eine kratzige Stimme aus der Höhle. Angurboda tauchte auf. Gilby versteckte sich hinter Loki und schielte mit einem Auge an ihm vorbei. Der Anblick der Riesin überraschte ihn. Sie war ziemlich groß, aber nicht so riesig wie Ägir. Vor allem war sie schöner. Richtig schön, fand Gilby. Ihr Gesicht war hell und ebenmäßig. Lange blutrote Haare bedeckten ihren Körper wie ein schützender Umhang und bildeten einen Kontrast zu ihrem schwarzen Kleid, das bis zum Boden reichte. Doch ihre dunklen Augen wirkten kalt und gefühllos.

Loki sank vor Angurboda auf die Knie und streckte seine Arme aus.

„Meine Schönheit, meine Königin", trällerte er süffisant. „Wie wunderschön dich wieder zu sehen."

„Sei nicht affig, Loki", keifte Angurboda. „Steh auf und sag mir, wer der Wicht hinter dir ist."

Gilby nahm seinen Mut zusammen und trat hinter Loki hervor. „Ich bin Gilby und komme aus Midgard", wisperte er schüchtern. Der Wolf Hati hob den Kopf, knurrte und zeigte seine Zähne.

„Still", befahl Angurboda und Hati legte den Kopf auf seine Vorderbeine ab, schielte Gilby jedoch mit glühenden Augen an.

„Dass du kein Gott aus Asgard bist, sehe ich selbst", meckerte die Riesin. „Was hast du in meinem Eisenwald zu suchen?"

Gilby schaute fragend zu Loki, der ihm aufmunternd zunickte.

„Ich möchte Ylva abholen."

Angurboda guckte Gilby an, als wäre er ein einfältiges Mondkalb, um dann in ein lautes, heiseres Gelächter auszubrechen, welches den Berg erzittern ließ.

„Du gefällst mir, Gilby", schnatterte sie wie eine Gans, die ein stacheliges Korn verschluckt hat. „Hier im Eisenwald gibt es so wenig zu lachen."

Loki trat auf Angurboda zu und fasste sie an den Händen. Argwöhnisch richtete die Riesin ihren Blick darauf.

„Der Junge meint es ernst", sprach er. „Er braucht Ylva. Er hilft uns, die Prophezeiung abzuwenden. Du weißt, wenn Ragnarök eintritt, geht auch dein Eisenwald unter und du bist des Todes."

Forsch entriss Angurboda ihm ihre Hände.

„Bist du jetzt auch von allen guten Geistern verlassen? Was soll so ein kleiner Wicht mit meinem Spielzeug ausrichten, um Ragnarök zu verhindern? Schwatz weiter so einen Mist und du musst nicht auf Ragnarök warten, um zu sterben."

„Unser Sohn ist frei und Gilby hat ihn befreit, ganz alleine", fuhr Loki Angurbodas Worte ignorierend fort.

Angurboda funkelte ihn kampflüstern mit ihren schwarzen Augen an. „Ich weiß um deine Schlechtigkeiten, Feuergott. Wage es nicht, niemals, meinen Sohn für deine List zu benutzen. Ich werde dich töten. Heute ist ein guter Tag dafür."

„Fenris ist hier", antwortete Loki seelenruhig.

„Er ist hier?", riefen Angurboda und Gilby aus einem Mund.

Plötzlich ertönte Donner am Himmel und Blitze schossen hervor. Und schon erschien Thors Wagen mit den Ziegenböcken. Hinter Thor stand der Kriegsgott Tyr. Beide sprangen aufgeregt vom Wagen herunter. Thor rannte auf Loki zu. Der sah, dass Mjölnir von Thors Hand fest umklammert wurde und hob die Hand.

„Fenris ist weg", brüllte Thor. „Und du hast ihn befreit." Er hob Mjölnir und Loki ließ vorsichtshalber eine Feuerbarriere entstehen.

„Fenris ist weg?", tat er ahnungslos.

„Tu nicht so." Thor war außer sich vor Wut.

„Nun, ich gebe zu, dass ich nicht traurig bin, wenn mein Sohn frei ist. Aber ich war's nicht."

Gilby trat der Schweiß auf die Stirn. Loki würde ihn doch nicht verraten? Nein, das konnte er sich nicht vorstellen. Dafür hatte Loki alles zu genau geplant.

„Ha!", grölte Thor. „Du kannst mir viel erzählen. Kein Wort glaube ich dir."

„Wann soll es denn geschehen sein? Und wer hat es entdeckt?", fragte Loki.

„Hugin und Munin haben die abgeschnittenen Bänder entdeckt. Und auf der ganzen Insel ist nichts von Fenris zu sehen. Keine Spur. Es muss letzte Nacht passiert sein. Die Raben fliegen jeden Tag über die Insel. Gestern war Fenris noch da."

„Und wer hat dir erzählt, dass ich es gewesen sein soll, der ihn befreite?", frohlockte Loki.

„Wer soll es sonst gewesen sein? Du bist der Einzige, der daran Interesse hat."

„Also Odin hat es nicht gesagt?", bohrte Loki weiter und grinste in sich hinein. Ihm gefiel das Frage- und Antwortspiel.

„Nein, hat er nicht. Aber ich weiß, dass du es warst."

„Bevor du meine unschuldige Seele verdächtigst, solltest du vielleicht mit Odin sprechen. Mir tun solche Anschuldigungen weh", schleimte Loki weinerlich.

„Ich sehe keinen Grund", schimpfte Thor. „Sag mir, wo du Fenris hingebracht hast."

„Hör mal auf, mit deinem Hammer zu fuchteln und rede vernünftig mit mir. Ich möchte das Feuer löschen. Mir wird heiß."

„Du wirst gleich abkühlen, wenn Mjölnir dich getroffen hat", blaffte Thor und stampfte wütend mit den Füßen. Er wusste wohl, dass Mjölnir den magischen Feuerwall nicht durchbrechen konnte.

„Warum hast du den Einarmigen mit gebracht", fragte Loki unbeeindruckt mit einem Blick auf Tyr.

„Er kennt den Weg. So waren wir schneller hier, um dich zu töten."

Loki schlug sich lachend auf die Schenkel. „Was will der törichte Krüppel denn mit einer Hand ausrichten? Der soll mal besser aufpassen, dass Fenris ihm nicht auch noch die andere Hand abbeißt."

Gilby hatte die Zankhähne beobachtet und fühlte sich nicht wohl dabei.

„Hast du was zu essen dabei, Thor? Ich habe Hunger", versuchte er die Situation zu entschärfen.

„Ich wäre nicht Thor, wenn ich mich ohne Nahrung nach Jötunheim begebe." Er holte einen Sack vom Wagen und gab ihn Gilby. „Bediene dich, Junge. Aber lass mir etwas übrig. Wenn ich mit Loki fertig bin, wird mein Appetit groß sein."

„Sei nicht so böse zu Loki", bat Gilby, während er an einem Stück Fleisch kaute. „Er ist hier, um Ylva zu befreien. Du kennst doch den Auftrag."

„Der Auftrag hat sich erledigt. Was soll der Schuh Vidars ausrichten, wenn Fenris weg ist?"

„Das weiß ich nicht und das ist auch nicht mein Problem", erwiderte Gilby bestimmt. „Ich habe einen Eid geschworen und den halte ich ein. Oder möchtest du, dass mich der Zorn Ullers trifft?"

Thor grunzte verstimmt. Dem Jungen wollte er tatsächlich keine Probleme machen.

„Mach das verdammte Feuer aus", befahl er Loki. „Und sprich, was du mir zu sagen hast?"

Loki deutete auf Thors Hand mit Mjölnir. Widerwillig steckte Thor den Hammer weg und Loki löschte die Flammen mit einer Handbewegung.

„Ich kann Fenris nicht befreit haben. Ich war letzte Nacht bei Odin und wir haben Met und Bier getrunken. Frag ihn."

Thor antwortete: „Worauf du Gift nehmen kannst."

Gilby staunte. Loki hatte wirklich an alles gedacht und er muss verdammt schnell gewesen sein. Oder besser gesagt Sleipnir.

Naira hatte alles vom Wald aus beobachtet. Jetzt hob sie die Nase, als wittere sie etwas. Es roch nach Tier. Unmöglich im Eisenwald. Sie flog dem Geruch nach und sah Fenris im Gebüsch. Der Wolf knurrte mit hoch gezogenen Lefzen. Doch galt dies nicht Naira. Seine glühend roten Augen blickten in Richtung der Höhle. Er hatte Tyr gewittert. Noch blieb er auf seinem Fleck. Aber Naira wusste nicht, wie lange noch. Hastig flog sie aus dem dichten Wald hinaus und sah erleichtert, dass Thor und Tyr den Wagen bestiegen.

„Wenn du mich belogen hast, Feuergott, werde ich dich finden und deinen verdammten Sohn dazu", grölte Thor noch, bevor sich die Böcke in die Luft erhoben.

„Puh", schnaufte Gilby erleichtert. „Danke, dass du mich nicht verraten hast, Loki."

„Dazu bestand keine Veranlassung. Odin wird bezeugen, dass ich bei ihm war, während du Fenris befreit hast. Außerdem hätten sie mir ohnehin nicht geglaubt, dass ein Nordjunge eine angebliche Bestie befreit."

„Ist Fenris wirklich hier?", fragte Gilby.

„Das würde mich allerdings auch interessieren", mischte sich Angurboda ein.

„Du bekommst ihn nur zu sehen, wenn du Ylva frei lässt."

Die Riesin schnalzte mit der Zunge. „Erstaunlich, dass du ausnahmsweise nicht gelogen hast, was Fenris Befreiung angeht. Ich will ihn sehen."

„Erst Ylva."

„So wenig Vertrauen?", gab Angurboda mit spitzer Zunge von sich.

„So wenig wie du zu mir. Was ist jetzt mit Ylva? Spielzeug gegen unseren Sohn. Ist doch ein guter Tausch", stellte Loki fest.

Angurboda drehte sich grummelnd um und verschwand in der Höhle. Kurz darauf erschien sie mit einem Wesen auf ihrer großen Hand, angebunden an einer Kette.

Gilby traute seinen Augen nicht. Das sollte seine Gefährtin sein? Sie war kaum größer als Naira, fast genauso schön, nur nicht ganz so lieblich. Sofort erkannte er, dass auch sie eine Elfe war. Aber aufgrund seiner Erfahrungen mit Naira hielt er den Mund.

„So, und jetzt zeige mir Fenris", befahl Angurboda.

Loki grinste. „Langsam, meine Schönste. Noch hältst du Ylva fest. Lass sie los."

„Ich denke nicht daran. Ich kenne deine Ränkespiele."

„Wie du meinst. Komm Gilby, wir gehen", sprach Loki und drehte sich um.

„Warte!", zischte Angurboda. „Selbst wenn du nicht lügst und Fenris hier ist, gebe ich mein Spielzeug nicht her, um ihn einmal zu sehen."

„Natürlich nicht. Fenris muss versteckt bleiben. Welcher Ort wäre besser geeignet als bei seiner Mutter?" Loki konnte einen spöttischen Blick bei seinen Worten nicht unterlassen.

Angurboda stutze kurz. „Du hast das alles schon geplant und hältst mich mit deinen Wortspielereien hin?"

„Du spielst doch auch gerne", sagte Loki mit Blick auf Ylva. „Lass sie endlich frei. Du hast keine andere Wahl, wenn du Fenris in Sicherheit wissen willst. Du bist keine schlechte Mutter", fügte er schleimig hinzu.

„Wie willst du Fenris überhaupt hierher gebracht haben?", zweifelte Angurboda immer noch. „Wohl kaum auf Sleipnir und zum Laufen bist du zu faul."

„Skidbladnir", sagte Loki nur.

Jetzt wurde Gilby klar, weshalb Loki das Schiff brauchte. Er erinnerte sich, dass es auch durch die Luft gleiten konnte.

„Also gut, ich lasse Ylva frei. Für Fenris. Aber ich warne dich, belügst du mich, wirst du den Eisenwald nicht lebend verlassen."

Sie löste die Kette. Ylva schwirrte sofort Naira entgegen und beide tanzten anmutig durch die Luft. Ihr glockenhelles Lied wurde von rauem Gekrächze zweier Raben gestört.

„Hugin und Munin auf ihrem Kontrollflug. Wir müssen warten, bis sie weg sind, bevor ich Fenris hole", erklärte Loki.

„Du hältst mich hin", giftete Angurboda wütend.

„Nein, tut er nicht", ergriff Gilby für Loki Partei. „Wenn die Raben Fenris sehen, werden sie Odin berichten und alles ist vorbei."

Angurboda schnaubte ungeduldig.

Gilby winkte den Raben zu. „Seht, es ist alles gut. Ylva ist frei. Fliegt zu Odin und erzählt es ihm."

Hugin und Munin drehten krächzend noch eine Runde, bevor sie Kurs auf Asgard nahmen.

Als sie nicht mehr zu sehen waren, pfiff Loki und Fenris kam aus dem dichten Wald hervor gerannt. Er raste auf seine Mutter zu, die ihm ebenfalls mit großen Schritten entgegen lief, bis sie ihrem Sohn um den Hals fiel. Fenris jaulte glücklich und leckte ihr übers Gesicht. Gilby freute sich, den Wolf so gesund und kräftig zu sehen, als wäre nie etwas gewesen. Auch das Maul klaffte nicht mehr auseinander.

Nachdem Mutter und Sohn ihre Begrüßungszeremonie beendet hatten, ging auch Gilby zum Wolf.

„Schön, dass es dir wieder gut geht", sagte er und kraulte das Fell.

„Du hast Mut bewiesen, Junge. Ich bin dir dankbar", antwortete Fenris, beugte seinen Kopf herunter und schleckte auch Gilby mit seiner großen Zunge herzhaft und so kraftvoll übers Gesicht, dass es ihm fast das Genick brach.

„Genug mit dem Geplänkel", meldete sich Loki zu Wort. „Du solltest dich mit deiner Gefährtin bekannt machen und ihr von deinem Auftrag berichten."

Die beiden Elfen tanzten immer noch und sangen ein melodisches Lied dazu.

Ylva

Gilby ging zu den Elfen und winkte Ylva zu sich heran.

„Ich bin Gilby", stellte er sich vor.

„Ich weiß. Du brauchst mich?"

„Ja, ich habe dich befreit, damit du mir hilfst, den Schuh Vidars zu holen."

„Eigentlich hat Loki mich befreit. Aber egal. Du weißt, dass sich der Schuh bei dem Drachen Nidhögg befindet?"

„Das weiß ich. Odin hat gesagt, du kannst mir helfen."

„Hat Odin dir auch gesagt, wo die Drachenhöhle ist?", fragte Ylva.

„Hat er nicht. Ich denke, du weißt es?"

„Ich weiß es auch. Sie liegt tief unter Niflheim."

Gilby schlug sich die Hand vor den Mund. „Im Land der Eisriesen? Des ewigen Frostes und Nebels?"

„Ganz genau. Dort nagt Nidhögg an den Wurzeln Yggdrasils und spritzt sein Drachengift hinein."

„Ich gehe nicht nach Niflheim", schimpfte Gilby.

„Odin weiß das. Er hat mich angelogen."

„Er hat dir nur etwas verschwiegen."

„Wenn ich das gewusst hätte, wäre ich in Midgard geblieben."

Ylva wiegte den Kopf hin und her. „Machst du das nicht alles wegen deinem Vater?"

Gilby erschrak. Durch die ganzen Erlebnisse hatte er seinen Vater ganz vergessen.

„Ja, das stimmt", gab er mit gesenktem Kopf zu.

„Also gehen wir nach Niflheim und besuchen Nidhögg", stellte Ylva mehr fest als das sie fragte.

„Hast du keine Angst?", wollte Gilby wissen.

„Odin hat sich etwas dabei gedacht, dass ich dich begleiten soll", wich Ylva aus.

Gilby runzelte die Stirn. „Wieso konnte Angurboda dich gefangen nehmen? Kannst du dich nicht in Luft auflösen wie Naira?"

„Wer sagt, dass sie mich gefangen hat?", fragte Ylva.

„Odin hat das gesagt. Und ich hab selbst gesehen, dass du an einer Kette gebunden warst."

„Merke dir, Gilby: Eine Elfe kann niemals gefangen werden, wenn sie es nicht will."

„Du wolltest es?", fragte Gilby überrascht. „Warum?"

„Ich hatte meine Gründe. Und sie waren richtig. Außerdem war Angurboda gut zu mir."

„Du warst ja auch ihr Spielzeug."

„Nicht nur das", ließ Ylva Gilby im Ungewissen. „Wir sollten uns jetzt auf den Weg nach Niflheim machen. Willst du dich noch verabschieden?"

„Kommen Loki und Naira nicht mit?"

„Nein, beide haben ihre Aufgaben erfüllt."

Gilby fühlte sich schlecht bei dem Gedanken, nur mit einer Elfe nach Niflheim zu gehen. Doch das sprach er nicht aus. Soviel hatte er von Naira gelernt. Er ging zu Loki und bat um Skidbladnir. Der Feuergott griff in seine Tasche und reichte Gilby das Tuch. „Kannst du nicht mitkommen?", startete Gilby einen Versuch.

„Ich denke nicht daran", antwortete Loki. „Ich würde erfrieren und verhungern. Außerdem habe ich keine Lust, mich mit den Frostriesen rumzuärgern."

Gilby hätte darauf eine Menge erwidern können, doch er ließ es bleiben. Es taten ja doch alle was sie wollten und überließen ihn seinem Schicksal.

„Du weißt, ich muss zurück nach Asgard. Sonst würde Odin mich doch noch verdächtigen, Fenris befreit zu haben", reagierte Loki auf Gilbys traurigen Blick.

„Ist schon gut", gab Gilby sich geschlagen.

„Wie kommen wir nach Niflheim?", wandte er sich an Ylva.

„Wie wär's mit Skidbladnir?"

„Schon wieder fliegen", raunte Gilby, während er das Tuch bereits auseinander faltete.

„Warte", sagte Ylva. „Erst musst du noch eine Rune lernen."

„Naira hat mir doch schon den Drudenfuß beigebracht", stöhnte Gilby.

„Das ist gut, aber reicht nicht. Der Drudenfuß hält Dämonen und Schattengeister ab. Nidhögg lacht darüber. Du musst Algiz beherrschen. Es ist eine Schutzrune. Zusammen mit dem Teufelsmehl besitzt sie eine starke Magie."

„Na gut", gab Gilby gnädig von sich. „Hoffentlich ist die Rune einfacher zu malen als der Drudenfuß."

„Sehr einfach. Sie sieht aus wie ein Krähenfuß."

„Das kann ich", freute sich Gilby und zeichnete einen Krähenfuß in die Luft.

„Na also. Geht doch. Aber erstmal meckern. Menschen…", sagte Ylva kopfschüttelnd.

„Und wie funktioniert das mit der Magie", fragte Gilby erwartungsvoll.

„Nimm etwas Teufelsmehl und einen Stock. Bespucke ein Ende und nehme damit das Teufelsmehl auf. Dann male dir den Krähenfuß auf die Stirn. Aber vorsichtig: Algiz wirkt manchmal wie ein Spiegel und kehrt die Ordnung um", warnte Ylva.

„Aha", erwiderte Gilby nur. Er war neugierig auf die magische Wirkung und suchte schon einen Stock. Dann vollzog er das Ritual und wartete gespannt. Sein Kopf fing an zu glühen. Er vernahm magische

Worte und wusste nicht, wo sie herkamen. Ylva war nur noch eine neblige Erscheinung, bis sie ganz verschwand. Etwas anderes tauchte auf. Er sah sich selbst.

„Hilfe!", schrie er.

Im nächsten Moment war wieder alles ganz normal. Ylva hatte ihm die Rune von der Stirn gewischt.

„Ich warnte dich doch", säuselte sie und kicherte amüsiert.

„Großer Odin, was war das?" Gilby war fassungslos.

„Kannst mich weiter kleine Ylva nennen. Das war noch harmlos. Wenn du in Gefahr bist, werfe Teufelsmehl in die Luft und male Algiz hinein. Dann machst du Bekanntschaft mit der vollen Kraft."

„Sollen wir das nicht gleich mal üben?"

Ylva schüttelte den Kopf. „Magie ist nicht zum Spielen. Außerdem musst du sparsam mit dem Teufelsmehl umgehen."

„Ich habe Worte gehört. Wo kamen die her?"

„Vielleicht vom Raunen der Rune", gab Ylva geheimnisvoll von sich. Dann bat sie ihn, Skidbladnir zu entfalten.

„Ich möchte mich noch von Naira verabschieden. Wo ist sie?" Gilby schaute sich suchend um.

„Sie ist schon weg", antwortete Ylva und flatterte auf das Schiff. Gilby war traurig, dass Naira ohne

Abschied gegangen war. Gerne hätte er sich noch bei ihr bedanken wollen.

Er hievte sich ebenfalls auf Skidbladnir.

„Bringe uns nach Niflheim zu Nidhöggs Höhle", befahl Ylva und das Schiff setzte sich in Bewegung. Sanft erhob es sich in die Luft. Gilby schaute hinunter und sah nur noch das schwarze Dach des Eisenwaldes.

In Niflheim

Es wurde kälter, nebliger und dunkler. Gilby konnte fast nichts mehr erkennen und zog fröstelnd seinen Mantel fester. Er schaute zu Ylva, der scheinbar die Kälte nichts ausmachte. Ihr dünnes Kleid flatterte leicht und Gilby fror bei ihrem Anblick noch mehr.

Er merkte, dass Skidbladnir sich senkte und nahm durch den Nebel Eisberge wahr.

„Wir müssen noch etwas laufen", verkündete Ylva. „Bis zur Höhle gelangt Skidbladnir nicht."

Gilby fröstelte noch mehr bei ihren Worten. Die Vorstellung, durch die finstere Welt des Nebels, Eises und Schnee laufen zu müssen, erwärmte sein Gemüt überhaupt nicht.

Vorbei an Eisblöcken und vereisten Baumriesen stapfte er über den gefrorenen Schnee, während Ylva neben ihm her flog. Nur das Knirschen seiner Tritte war zu hören. Harter Schnee flog ihm ins Gesicht. Seine roten Haare, die unter der Kapuze hervor krochen, waren weiß bereift.

„Wir werden hier rasten", sagte Ylva. „Du musst schlafen, damit du in Nidhöggs Höhle bei Kräften bist."

Gilby schaute die Elfe an, als habe sie den Verstand verloren.

„Wir werden erfrieren." Gilby bibberte am ganzen Körper. „Die Kälte wird uns umbringen."

Als hätte er nichts gesagt, entledigte Ylva sich ihres dürftigen Flatterkleides und kniete sich nackt auf den Boden. Sie öffnete ihre Hände und fing die Schneeflocken auf, die der Wind trieb. Auch vom Boden nahm sie Schnee auf und rieb ihren Körper damit ein. Gilby bekam es mit der Angst zu tun. Sie erwartete doch nicht, dass er es ihr gleich tat?

Plötzlich wurde Ylvas Haut zu Kristall. Ihr Körper leuchtete von innen heraus als würden hunderte kleine Fackeln in ihr brennen. Um sie herum bildete sich ein heller Kreis. Es war ein wunderschönes warmes Licht, welches so gar nicht in diese eisige Frostwelt passte. Ylva brauchte nichts sagen. Gilby fühlte sich magisch angezogen und begab sich in den Kreis. Er spürte Wärme und trotzdem schmolz der

Schnee unter ihm nicht. Er legte sich hinein und ihm war wohlig warm. So schlief er sofort ein.

Als er aufwachte, lag er immer noch in dem wärmenden Kreis und Ylva saß neben ihm.

„Hast du auch geschlafen?", fragte er und räkelte sich.

„Du dummer Junge! Damit wir von den Eisriesen zertrampelt werden?"

Gilby schaute seine Gefährtin dankbar an. Er fühlte sich ausgeruht und warm.

Ylva erhob sich und der Kreis erlosch. Schnell warf sie sich ihr Flattergewand über.

„Auf geht's", ermunterte sie Gilby und beide setzten ihren Weg durch die Frostwelt fort.

„Ylva", wimmerte Gilby plötzlich. „Warum bewegt sich der Berg vor uns?"

„Verflucht", schimpfte Ylva. „Das ist kein Berg. Das ist ein verdammter Frostriese."

Der Berg formatierte sich zu einer Gestalt mit Kopf, Leib, Armen und Beinen aus blauweißem Eis. Zwei Hörner ragten aus dem Kopf hervor und vier Augen suchten die Gegend ab. Ein Bart aus Eis hing starr vor seinem Körper.

Gilby bibberte nun auch vor Angst. „Ist er gefährlich?", fragte er Ylva.

„Keine Ahnung. Manche Frostriesen sind einfältig und harmlos, andere sind gefährlich und grausam."

„Er hat eine Keule so groß wie ein Baum."

„Es ist besser, wenn er uns nicht sieht", fand Ylva und zog sich mit Gilby hinter einen vereisten Busch zurück.

Doch es war zu spät. Eines der vier Augen hatte die beiden erblickt und der Riese stapfte auf den Busch zu.

„Was machen wir jetzt?", fragte Gilby.

„Drudenfuß", antwortete Ylva. „Frostriesen sind Dämonen. Der Drudenfuß wird ihn kurz abhalten. Male ihn nur auf den Schnee. Das sollte reichen."

Sofort malte Gilby den Fünfstern in den Schnee neben dem Busch und fragte gleichzeitig: „Nur kurz?"

„Ja, leider. Sie lassen sich nicht töten und stehen gleich wieder auf."

Trotz seiner zittrigen Hände war es Gilby gelungen, einen sauberen Drudenfuß zu malen, gerade noch rechtzeitig, bevor der Riese sie erreichte. Der wich zurück und keuchte schwer. Dann viel er laut klirrend in sich zusammen. Der Boden bebte unter den fallenden Eismassen.

„Renn!", rief Ylva und Gilby versuchte, so schnell es ging durch den harschen Schnee zu hasten.

Dann hörte er scharfes Knarren und Knirschen und drehte sich kurz um. Der Riese wuchs in seine

Gestalt zurück und neben ihm bildete sich noch ein Riese. Beide nahmen sofort die Verfolgung auf.

„Weiter!" befahl Ylva. Sie flog voraus und wies Gilby den Weg. „Mit noch einem Drudenfuß verlieren wir zu viel Zeit und hätten vier Riesen hinter uns."

Plötzlich erhellte sich der Himmel von Gewitterblitzen, gefolgt von einem Donnerschlag, der die Berge Niflheims erzittern ließ.

„Es ist Thor", rief Ylva. „Er schwingt seinen Hammer Mjölnir und rast mit seinem Wagen durch die Wolken. Er will uns vor den Riesen schützen."

Ein neuer Donnerschlag ertönte, heftiger als der Erste. Gilby hörte hinter sich die Eiszapfen in den Bärten der Riesen klirren. Er rannte um sein Leben. Der Schnee flog nur so unter seinen Füßen. Gilby hoffte, sein Ziel zu erreichen, bevor die Riesen ihn zu packen bekamen. Er hatte keine Zeit, sich umzuschauen, hörte nur die dröhnenden Schritte hinter sich.

Plötzlich flog Mjölnir über ihn hinweg. Gleich darauf hörte er den krachenden Lärm eines getroffenen Riesen.

„Verdammt, Thor", fluchte Ylva. „Das war nicht besonders schlau. Da habe wir gleich noch einen Riesen mehr hinter uns."

Gilby konnte keine Antwort geben. Seine Lunge schmerzte von der kalten Luft, die er einatmete und er wusste nicht, wie lange er das noch ertragen konnte.

Hinter einem Berg bog Ylva scharf ab und verschwand in einem Loch, welches sich im Eis gebildet hatte. Gilby wusste nicht, was ihn dort erwartete, hatte aber auch keine andere Alternative, als einfach hinterher zu springen. Er rutschte durch einen Eistunnel und wurde von einer Wand an die andere geschleudert, bis er auf seinem Hintern landete. Ylva grinste ihn schief an. Sie hatte sich wieder ihres Kleides entledigt, stand nackt vor ihm und erleuchtete mit ihrem Körper die Höhle.

Gilby schaute sich um. Er sah einen Gang und schnupperte. Es roch nach Schwefel.

Bei dem Drachen Nidhögg

„Vor den Frostriesen sind wir hier sicher. Der Gang führt zu Nidhöggs Höhle", verkündete Ylva.

Gilby versuchte Luft zu holen. Der Schwefel erschwerte dies und brannte auf seiner Zunge. Verzweifelt schaute er Ylva an. Die Elfe flog vor sein Gesicht und flatterte wild mit den Flügeln. Gierig atmete er die Luft ein, die sie so erzeugte.

„Nicht schlapp machen, Gilby", forderte sie ihn auf. „Lass uns weiter gehen."

Der Gang führte immer tiefer in die Erde. Ylva flog dicht hinter Gilby und schaute mal über seine rechte, mal über seine linke Schulter. Das Leuchten ihres Körpers wirkte wie eine brennende Fackel, die Licht und Wärme abgab.

Die Luft wurde immer stickiger und es roch modrig. Plötzlich wurde sie heiß und brannte auf der Haut. Ein Gestank nach faulen Eiern machte sich breit und vermischte sich mit Verkokeltem. Gilby ließ seine Hand über die Höhlenwand gleiten. Sie war mit einer dicken Rußschicht bedeckt.

Nach der nächsten Biegung stoppte Gilby urplötzlich, so dass Ylva in ihrem Flug auf ihn prallte.

„Verflixt", schimpfte sie. „Was soll das?"

„Nidhögg!", flüsterte Gilby. „Sieh nur, dort vor uns liegt er. Er scheint zu schlafen."

Ylva spähte über seine Schulter. „Das ist niemals Nidhögg. Was dort liegt, ist viel zu klein. Nidhögg ist so groß wie ein Berg."

„Aber das ist doch ein Drache. Schau dir die ledrigen Flügel an. Und die Schuppen auf seinem Körper."

„Das muss ein Junges von Nidhögg sein", stellte Ylva fest. „Um ihn herum liegen Dracheneier. Einige sind noch zu, aber die meisten zerbrochen. Hier müssen noch mehr von den Viechern sein."

„Was machen wir jetzt?", fragte Gilby.

„Wir müssen ihn töten."

„Mit meinem Schwert komme ich nicht durch seinen Panzer", gab er zu bedenken.

„Natürlich nicht, du Dummkopf", wetterte Ylva. „Du musst das Schwert entweder in sein offenes Maul rammen oder ihn am Bauch treffen. Dort hat er keine Schuppen."

„Das hast du dir fein ausgedacht. Bleibt wieder alles an mir hängen."

Ylva ging nicht näher auf das Genörgel ein und flog vor Gilby. Sie griff in einen Beutel und warf ein rotes Pulver in die Luft. Es bildete sich zu einem Kreis. Mit den Fingern malte Ylva schnell eine Schutzrune hinein und murmelte unverständliche Worte. In dem Moment wachte der Drache auf. Gilby und Ylva fühlten sich von leuchtend gelben Augen fixiert. Ein Feuerschwall schoss auf die Rune zu und zerstörte sie. Mit scharfen Krallen und spitzen Zähnen sprang der Drache auf die beiden zu. Gilby zog sein Schwert. Er konnte es nur noch schützend vor seinen Körper halten. Ylva warf noch einmal ihr rotes Pulver, aber scharfe Krallen schleuderten die Elfe sofort beiseite. Das Monster verbiss sich in Gilbys Schulter. Messerscharfe Zähne trafen knirschend auf seine Knochen und warmes Blut lief seinen Arm hinab. Das Schwert fiel klirrend auf den felsigen Boden und herab triefendes Blut bedeckte es. Gilby konnte nicht mehr richtig sehen und Sterne blitzten vor seinen Augen. Der Drache ließ von Gilby ab und setzte sofort zum nächsten Sprung an. Das war das Letzte, was Gilby verschwommen wahrnahm, bevor ihm die Sinne schwanden.

Ylva bewirkte eilig einen starken Zauber, der den Drachen zu einer Statue erstarren ließ. Flink kümmerte sie sich um Gilby und belegte ihn mit Algiz. Er blinzelte mit den Augen.

Als er wieder zu sich kam, sah er Ylva über sich.

„Steh auf!", befahl sie und Gilby erhob sich.

Er schaute auf seine Schulter. „Hat mich der Drache doch nicht gebissen?", fragte er verdutzt, nachdem er keine Verletzung erkennen konnte. Doch dann erblickte er angetrocknetes Blut an seinem Arm.

„Das war Algiz", erklärte Ylva. „Die Rune hat auch eine starke Heilwirkung. So, und nun schnell an dem Drachen vorbei, bevor der aus seiner Starre erwacht."

Erst jetzt nahm Gilby den Drachen wahr, der starr und stumm sprungbereit verweilte, als wäre ihm plötzlich die Lust vergangen.

Gilby huschte an ihm vorbei, konnte es jedoch nicht lassen, ihn mit der Hand zu berühren.

„Gilby!", schimpfte Ylva vorwurfsvoll.

„Was?", erwiderte er. „Ich lasse mir doch die Gelegenheit nicht entgehen, einmal einen Drachen anzufassen. Wer weiß, ob ich in meinem Leben noch einmal dazu komme."

Ylva schüttelte fassungslos den Kopf.

Hinter dem Drachen begegneten sie noch weiteren, die jedoch kaum größer als Echsen waren. Sie versuchten sich im Feuerspucken, aber nur heißer Schwefeldampf kam aus ihren Mäulern.

Dann waren sie an der Brut Nidhöggs vorbei und schlichen weiter durch die Höhle. Der Gang wurde breiter. Blank geputzte Gebeine und Schädel lagen herum. Angewidert schob Gilby die Essensreste mit seinem Schwert beiseite. Sie erreichten eine Grotte und Gilby blieb erneut urplötzlich stehen. Er sah ein Untier von gigantischer Größe zusammengerollt in der Grotte liegen. Zacken zierten den ganzen Rücken, die sich gemeinsam mit zusammengefalteten Flügeln hoben und senkten.

„Das ist Nidhögg", flüsterte Ylva. „Er schläft."

„Scheint eine Lieblingsbeschäftigung von Drachen zu sein", witzelte Gilby. „Dann schleichen wir uns vorbei", schlug er vor.

„Nein, zu gefährlich. Wenn er gerade dann wach wird, liegen auch deine Gebeine hier herum."

„Was machen wir dann?"

„Ich fliege mal rum. Vielleicht sehe ich Vidars Schuh."

In dem Moment rührte sich der Drache mit einem Zischen. Er drehte seinen Kopf zu Gilby und blinzelte mit gelben Augen.

„Besuch", schnarrte er. „Was verschafft mir die Ehre?"

Gilby konnte nicht antworten. Der Anblick des monströsen Kopfes mit Zähnen wie Schwerter bewirkte eine Schockstarre bei dem Jungen.

Nidhögg trampelte ungeduldig mit den Vorderfüßen, dass der Boden bebte. Die ausgefahrenen Krallen gaben auf dem Steinboden ein kratzendes Geräusch von sich.

„Du willst nicht mit mir sprechen?", zischte Nidhögg bebend. Der Zorn in seiner Stimme war nicht zu überhören.

Blitzschnell sammelte Gilby seine Gedanken. Ylva war nicht zu sehen. Wahrscheinlich hat sie sich unsichtbar gemacht. Mit einer Hand hielt er sein Schwert, die andere steckte in der Tasche mit dem Teufelsmehl. Doch er war nicht auf einen Kampf mit dem Drachen aus.

„Ich brauche Vidars Schuh. Gib ihn mir und ich verlasse deine Höhle", versuchte er es.

Nidhögg starrte ihn ungläubig mit seinen gelben Augen an und brach im nächsten Moment in ein schäbig-schauriges Gelächter aus, das in einem fast irren Gekicher endete.

„Was gibt es da zu lachen", fragte Gilby mutig.

„Tote dürfen Hel nicht verlassen. Weißt du das nicht?", schnarrte Nidhögg.

Gilby lief es eiskalt den ganzen Körper hinunter.

„Tote? Hel?", hakte er verwirrt nach.

Nidhögg tat verwundert. „Meine Höhle gehört zu Hel wie ganz Niflheim. Es ist alles das Reich der Totengöttin. Und nur den Toten ist der Weg hier hinein frei. Jaharr, jaharr, jaharr…"

„Aber ich bin nicht tot", wehrte Gilby sich.

Nidhögg schaukelte seinen Kopf hin und her, um sich dann gelangweilt abzuwenden. Er haute seine spitzen Zähne in eine Wurzel Yggdrasils und rüttelte verzückt an ihr. Seine Nüstern gaben Schwefeldämpfe frei, deren beißender Geruch die ganze Höhle erfüllte.

Gilby war ratlos. Wo steckte Ylva nur?

Sie tippte ihn von hinten an. „Der Schuh liegt direkt an seinem Rücken."

„Warum hast du ihn nicht mitgebracht?", nörgelte Gilby.

„Weil es deine Aufgabe ist, ihn zu holen."

„Spinnst du? Ich geh doch nicht an das Untier heran."

Nidhögg drehte seinen Kopf wieder zu Gilby. Ein langes Stück Wurzel hing aus seinem Maul. Daran malmend nuschelte er mit Blick auf Ylva: „Ah... noch mehr Besuch. Du hast also Verstärkung mitgebracht."

Gilby ging nicht darauf ein. „Ich brauche Vidars Schuh", versuchte er es erneut.

„Und du denkst, ich gebe dir den Schuh so einfach?"

„Das wäre sehr freundlich."

„Freundlichkeit steht mir nicht", gluckste Nidhögg. „Ich behalte den Schuh, damit Ragnarök eintritt."

„Du willst Ragnarök?", fragte Gilby verblüfft.

„Jawohl. Dann fällt Yggdrasil endlich und ich werde sie verspeisen – alle beide."

„Wen meinst du?" Gilby verstand nicht recht.

„Den verfluchten Adler, der oben im Wipfel thront und das verflixte Eichhörnchen, das mich ständig mit seinen Lügengeschichten nervt."

„Ratatöskr?"

„Ah... du kennst ihn also auch schon?"

„Ja. Ratatöskr sagte mir, dass ich zu dir in deine Höhle gehen muss."

„Tja… wenn man diesem Lügenmaul glaubt, ist man nicht gut beraten", lästerte Nidhögg. „Ich bin hungrig und brauche Fleisch. Die Wurzeln sind was für Hasen." Er riss sein Maul auf, während er auf Gilby zu trampelte.

„Algiz! Schnell!", rief Ylva.

Gilby griff nach dem Teufelsmehl. In dem Moment tauchte ein durchsichtiges Wesen zwischen dem Jungen und dem Drachen auf.

„Stopp!", schrie Ylva, bevor Gilby das Teufelsmehl werfen konnte. Ylva nahm kriegerische Züge an und flatterte aufgeregt. Sie wirkte nervös.

Das Wesen wechselte seine Farbe von weiß nach schwarz, blieb aber durchsichtig und positionierte sich mit gebleckten Zähnen vor dem Drachen. Nidhögg hielt inne.

„Du scheinst tatsächlich noch nicht tot zu sein", grummelte er.

Gilby konnte den Ereignissen kaum folgen. Wie meinte Nidhögg das? Und er erkannte das Wesen. Es war Naira.

„Naira", flüsterte er. „Warum zeigst du dich nicht richtig?"

Nidhögg wippte mit seinem mächtigen Körper vor Lachen rauf und runter. „Seit wann zeigen sich Fylgjen richtig?", johlte er.

Gilby schaute Ylva fragend an und sah ihr bedrücktes Gesicht. Er fühlte sich elendig. Nidhögg schien die Abwechslung zu gefallen und zeigte kein Interesse mehr, den Jungen zu fressen. Ylva nutzte dies, um Gilby einzuweihen.

„Sie kann sich dir nicht richtig zeigen. Sie ist deine Fylgja."

„Fylgja? Was ist das?"

„Sie ist dein Schutzgeist und begleitet dich schon seit deiner Geburt. Eine Fylgja zeigt sich den Menschen nur kurz vor ihrem Tod in dieser Form."

„Ich m…m…muss sterben?", stotterte Gilby ängstlich. Er verstand das alles nicht mehr. Erst Nidhögg, der ihn für tot erklärte und jetzt der Schutzgeist als durchsichtige Naira, deren Erscheinung seinen bevorstehenden Tod ankündigte.

„Aber ich habe sie richtig gesehen. Sie half mir durch den Eisenwald", stellte er kopfwuschelnd fest.

„Eine Fylgja kann sich in verschiedenen Gestalten zeigen", erklärte Ylva. „Sie wird sich etwas dabei gedacht haben, in Nairas Gestalt aufzutreten. Aber dass sie sich überhaupt zeigt, ist bedrohlich. Ich weiß es auch nicht. Ich weiß nur, dass du sie dulden musst. Sie lässt sich nicht vertreiben und wenn du es versuchst, stirbst du sofort. Sie wird einfach nur da sein und nicht mit dir sprechen. Aber sie kann dich einschläfern und im Traum mit dir reden, wenn sie dir etwas zu sagen hat. Es ist nicht gut, dass sie da ist, glaube ich. Du bist in großer Gefahr."

„Siehst du sie auch?", fragte Gilby.

„Ja, ich sehe sie. Aber auch ich kann keinen Kontakt zu ihr aufnehmen. Sie ist nur für dich da – deine Fylgja. Wenn du wirklich sterben musst, bringt sie dich nach Walhall zu Odins Kriegern."

„Sehr beruhigend", antwortete Gilby ironisch und stammelte danach ergriffen: „Naira…"

Die Fylgja war wieder weiß und durchsichtig wie Kristall, nachdem Nidhögg seine Fresslust durch Neugierde ersetzt hatte. Sie flog auf Gilbys Schulter, aber gab keinen Laut von sich. Gilby fühlte nichts, kein Gewicht und es hatte noch nicht einmal einen Luftzug bei ihrem Anflug gegeben. Er begriff, dass seine einstige Gefährtin nur ein Geist war.

Das kratzende Geräusch von Nidhöggs Krallen lenkte Gilbys Aufmerksamkeit auf den Drachen. Nidhögg schien wieder gelangweilt.

Auch Ylva war dies nicht entgangen. „Zeit für Algiz", raunte sie.

Gilby griff nach dem Teufelsmehl in seinem Beutel, während die Fylgja in kriegerischer, aber durchsichtiger Gestalt vor dem Drachen hin und her, rauf und runter flog. Nidhöggs mächtiger Kopf folgte ihren Bewegungen.

So bekam er nicht mit, wie Gilby das Teufelsmehl warf, welches sich sofort zu einem Kreis formatierte. Flink malte er den Krähenfuß hinein. Magische Worte durchflossen seine Gedanken. Erstaunt sah Gilby, wie der Kreis mit Algiz wuchs, umher waberte und mal silbern, mal golden funkelte. Die Rune vermehrte sich außerhalb des Kreises, bis die ganze Höhle mit Krähenfüßen erfüllt war.

Nidhögg verharrte unsicher inmitten der um ihn herum wabernden Schriftzeichen. Gilby sah die gelben Augen des Drachen, die sich plötzlich weit vor Entsetzen öffneten. Und auch Gilby erschrak. Statt in die Drachenaugen blickte er plötzlich in seine eigenen Augen. Er sah, wie die Fylgja wie eine Katze um seine Beine strich.

Nidhögg brüllte auf, dass die Höhlenwände barsten. Er hob den Kopf und spuckte sein Feuer in die Höhe.

Gilby begriff, dass auch Nidhögg sich selbst sah. Er überlegte blitzschnell. Was hatte Ylva gesagt? Algiz wirkt wie ein Spiegel und kehrt die Ordnung um. Er drehte sich um und sah hinter sich Vidars Schuh liegen. Gilby griff nach ihm und rannte weiter in die Höhle hinein. Ylva und die Fylgja folgten, ebenso der wabernde Kreis Teufelsmehl mit der Schutzrune. Gilby hörte das Brüllen des Drachen und die Hitze verriet ihm, dass er weiter Feuer spuckte. Er sehnte sich an die frostige Oberfläche Niflheims zurück.

Die Schutzrune funkelte schwächer. Sie senkte sich über Gilby und löste sich durch herabfallenden Gold- und Silberstaub schließlich auf.

Gilby stoppte im Lauf, um den Staub ehrfürchtig aufzufangen. Erst jetzt wurde ihm bewusst, dass er gezaubert und eine Magie bewirkt hatte. Zudem besaß er Vidars Schuh, den er nur noch Odin überreichen musste. Dann würde er seinen Vater wieder bekommen.

Er vernahm, dass Nidhögg brüllte. Die Runen hatten sich wohl auch dort aufgelöst. Der Drache muss erkannt haben, dass er reingelegt wurde.

„Wie kommen wir jetzt hieraus?", fragte Gilby.

„Gar nicht", antwortete Ylva knapp.

„Wie bitte?" Gilby dachte, sich verhört zu haben.

„Du bist in die falsche Richtung gelaufen. Dieser Weg führt zur Hel."

„Und wieso hast du mir das nicht gesagt, statt auch noch mitzufliegen?", giftete Gilby Ylva an.

„Weil die andere Richtung vorbei an Nidhöggs Spiegelbild deinen sicheren Tod bedeutet hätte."

Die Fylgja flog um Gilby herum und wirkte zufrieden.

„Ich hab Nidhögg überlebt. Warum ist Naira immer noch da?", fragte Gilby.

„Sie wird ihre Gründe haben", stellte Ylva achselzuckend fest.

„Zur Hel können wir nicht. Also müssen wir zurück und an Nidhögg vorbei", verkündete Gilby, der es jetzt eilig hatte, Odin zu treffen.

„Womit die Anwesenheit deiner Fylgja begründet wäre", kommentierte Ylva trocken.

„Du meinst...."

„Genau das meine ich", schnitt Ylva ihm das Wort ab. „Ein zweites Mal wird Nidhögg den Zauber nicht zulassen und dich verschlingen oder mit seinem Feuer verbrennen."

Gilby wuschelte sich ratlos den roten Schopf. Offensichtlich saß er in der Falle.

Bei der Totengöttin Hel

„Lass uns erstmal aus dem Gang raus. Für Nidhögg ist er zwar zu schmal, aber die Luft ist schrecklich."

Dem konnte Gilby nicht widersprechen und so stiefelte er gehorsam weiter.

„Was hast du gegen Hel?", fragte Ylva.

Gilby sah sie an, als sei sie verrückt geworden. „Sie ist die Totengöttin und böse."

„Sagt wer?"

„Meine Mutter Sirid hat mir das erzählt. Hel behält die Toten bei sich."

„Nun, das ist herzlich wenig, was deine Mutter dir über die Hel erzählt hat."

„Mir reicht das."

„Wir kommen nur über die Totengöttin hier heraus. Dafür darfst du nicht so voreingenommen sein. Und vergiss nicht: Sie ist Lokis Tochter und Fenris Schwester."

„Hmmm…", grübelte Gilby. Von Fenris hatten die Götter ja auch eine andere Meinung und mit Loki auch so ihre Probleme. Er wollte wissen, wer Hel wirklich ist.

„Dann erzähl mir von der Hel", bat Gilby.

„Sobald wir aus dem Gang heraus sind, rasten wir. Dann werde ich dir ihre Geschichte erzählen."

Der Gang wurde breiter und Licht flutete hinein. Gilby musste sich an die Helligkeit gewöhnen und blinzelte mit den Augen.

„Hier ist es gut", fand Ylva und zeigte auf eine mit Blumen bewachsene Wiese.

Gilby schaute sich um und glaubte zu träumen. Der Himmel war blau, die Sonne strahlte, vor ihm lag eine saftig grüne Wiese mit einer Vielfalt bunter Blumen, an denen sich Schmetterlinge und Bienen labten.

„Wo sind wir? Im Paradies?", fragte er verzückt.

„Wir sind immer noch in Niflheim. In der Unterwelt der Göttin Hel."

„Nee..." Gilby setzte sich verdutzt und Ylva legte sich neben ihm ins Gras. Die Fylgja ließ sich zu Gilbys Füßen nieder.

Ylva begann zu erzählen: „Noch als Hel ein kleines Mädchen war, holte Loki seine Tochter aus dem Eisenwald und brachte sie mit Sleipnir nach Asgard. Die Göttinnen kümmerten sich fürsorglich um die Kleine. Aber sie war entstellt. Eine Hälfte ihres Körpers war schwarz, die andere weiß. Hel war sehr verschlossen und in sich gekehrt. Tag und Nacht saß sie in ihrer verdunkelten Kammer und redete kein Wort. Sie kannte nur den schwarzen Eisenwald und das helle Licht Asgards schreckte sie. Odin war ratlos und rief Loki zu sich. Der Göttervater war der Meinung, die Hel könne nicht in Asgard bleiben und sprach von ihrer Verbannung. Loki erkannte wohl, dass seine Tochter unglücklich war, jedoch verbannt wollte er sie nicht wissen. Er bot ihm Sleipnir als Geschenk, wenn Hel ein Reich in ihrem Sinne bekäme."

„Moment...", unterbrach Gilby die Geschichte. „Sleipnir gehört Odin?"

„Ja, Odin nahm das Geschenk an und versprach, Hel eine eigene Welt zu erschaffen mit einem Palast nur für sie. Er hielt sein Wort und machte Hel zur Totengöttin. Zu ihr kommen Menschen, die eines natürlichen Todes gestorben sind. Gefallene Krieger kommen in Odins Walhall. Die vergessen wurden oder den Weg nicht geschafft haben, kommen nach Folkwang zu Freya. Aber das weißt du ja sicher."

„Ja, das weiß ich. Aber wo kommen Ertrunkene hin? Dann doch zur Hel?", erkundigte Gilby sich ängstlich.

„Einige ja, aber andere kommen zur Ran, wenn sie Glück haben. Ran ist Ägirs Frau."

„Oh! Dann ist mein Vater vielleicht in Ägirs Unterwasserpalast?" In Gilby keimte Hoffnung auf.

„Vermutlich", erwiderte Ylva. „Du hast ja gesehen, wie es dort zugeht. Und das ist bei Odin, Ran und Freya überall das Gleiche. Die Toten werden mit Met, Bier und Essen im Überfluss verwöhnt. In Walhall und Folkwang üben sie den Kampf für Ragnarök und metzeln sich gegenseitig ab, um gleich danach wieder aufzuerstehen. Bei der Hel sieht es anders aus. Hel ist eine gerechte und gütige Göttin. Natürlich kann sie auch zornig werden. Das ist sie gegenüber denen, die ein Verbrechen begangen haben. Die haben es tatsächlich sehr schlecht bei ihr. Entweder kommen sie in eine Halle voller Schrecken und Qualen. Vor Verzweiflung springen einige Tote in einen eitrigen Fluss, in welchem scharfe Schwerter strudeln. Neuankömmlinge werden nicht nur von den Schwertern getroffen, sondern auch von Schädeln und abgetrennten Gliedmaßen. In einer anderen Halle spucken Schlangen ihr ätzendes Gift auf die Sünder. Einige werden Nidhögg zum Fraß vorgeworfen. Wer sich jedoch nichts hat zu Schulden kommen lassen, lebt bei der Hel wie im Paradies. Sie gibt ihnen nicht nur essen und trinken, sie gibt ihnen auch Land. Dort dürfen sie sich ein Heim errichten und das tun, was sie als Lebende gerne wollten, ohne arbeiten zu müssen. Das Reich der Hel hat also zwei Seiten, genau wie die Hel selbst. Es gibt düstere und grausame Orte, aber auch helle, lebendige und wärmende. Hel tritt den Verstorbenen so gegenüber, wie sie es ihrer Ansicht nach verdient haben. Nett und liebenswürdig oder grausam und kaltherzig. Ihr eigenes Heim liegt fern vom Sonnenlicht. Hel bevorzugt weiterhin die Dunkelheit, verweigert den guten Verstorbenen aber nicht eine sonnige Welt."

Gilby antwortete nicht sofort. Er musste das eben Gehörte erst einmal verdauen. Tatsächlich sah er Hel jetzt mit anderen Augen. Er dachte daran, dass auch sie einst ein Kind und nicht glücklich war. Umso bewundernswerter fand er ihr gütiges Verhalten gegenüber den Verstorbenen. Dass allerdings die schlechten Menschen solch schlimme Pein ertragen mussten, verstand er nicht so ganz.

„Und wie verhält sich Hel gegenüber lebendigen Menschen?", wollte Gilby wissen.

„Sie hat nichts gegen die Lebenden, solange sie nicht in ihr Reich gelangen."

Gilby schluckte schwer. „Aber dann ist der Weg durch Hel ja auch nicht sicher?"

„Sowieso nicht. Wir gelangen zunächst an den Gjöll. Das ist ein reißender Fluss am Rande des Totenreiches. Es führt nur eine Brücke über den Fluss, die goldene Jenseitsbrücke Gjallarbru. Über diese gelangen die Toten in das Reich der Hel. Und sie darf nur von Verstorbenen überquert werden, die an Krankheit oder Alter starben. Die Riesin Modgud wacht darüber."

„Und wie sollen wir dann über den Gjöll kommen? Du glaubst doch nicht, dass ich einen Fuß auf diese Brücke setze?", blaffte Gilby.

„Wir werden es mit Skidbladnir versuchen. Das tosende Gewässer dürfte dem Schiff nichts ausmachen. Aber…"

„Aber…?", hakte Gilby nach.

„Aber Garm könnte ein Problem werden. Garm ist Hels Höllenhund, der am Gjöll patrouilliert. Er stürzt sich auf jeden, der sich dem Totenreich nähert."

„Tolle Aussichten", maulte Gilby. „Zurück geht nicht, da macht Nidhögg mich zu einem Stück Kohle. Über die Gjöllbrücke scheidet auch aus, weil ich noch sehr lebendig bin und es auch bleiben möchte. Von einem Höllenhund zerfleischt zu werden, entspricht auch nicht gerade meinem Traum. Und der Hel sollte ich als lebendiger Junge wohl auch besser nicht begegnen. Zumindest nicht in ihrem Reich."

Gilby raufte sich seinen roten Schopf und auch Ylva wirkte ratlos. Nur die Fylgja schien entspannt.

„Ich habe eine Idee", rief Gilby und sprang auf. „Kann Skidbladnir uns durch die Luft direkt zu Hels Heim bringen?"

„Sicher kann es das. Aber was willst du direkt bei der Hel? Dir den Kopf abreißen lassen?", überlegte Ylva.

„Es ist die einzige Möglichkeit. Alles andere scheidet aus", überlegte Gilby. „Ich bin ein Kind, so wie Hel es auch einst war. Ich will auf ihre Güte vertrauen und hoffen, dass sie mich aus Niflheim heraus bringt."

„Das ist ziemlich wagemutig", gab Ylva zu Bedenken. „Aber vielleicht ist das tatsächlich die einzige Möglichkeit."

„Also los", sprach Gilby und griff nach dem Tuch.

Gilby, Ylva und die Fylgja begaben sich auf das Schiff.

„Eljudnir!", befahl Ylva.

Gilby schaute sie fragend an.

„Hels Wohnsitz", erklärte sie.

Sanft glitt Skidbladnir im Sonnenlicht über grüne Wiesen, bis ein tosender Fluss unter ihnen sichtbar wurde.

„Der Gjöll", kommentierte Ylva.

Auch auf der anderen Seite des Gjöll war die Welt grün, bunt und hell. Hütten waren zu sehen.

„Das sind die Heime der Verstorbenen. Dort dürfen sie leben."

Für Gilby klangen diese Worte eigenartig, aber auch beruhigend.

Dann wandelte sich das freundliche Bild langsam in Düsterheit. Nebelschwaden standen zwischen Bergen, die von Schnee und Eis bedeckt waren.

„Schau, dort vorne ist Eljudnir", zeigte Ylva auf eine mächtige Burg, die auf einem Berg thronte und alles überragte. Die raue Fassade der Burg bildete eine Einheit mit dem ebenso rauen Bergmassiv.

„Da kann Skidbladnir nicht landen", stellte Gilby frustriert fest.

„Wirst wohl den Berg hochklettern müssen", lästerte Ylva.

„Du kommst doch mit?"

„Niemals. Es wäre nicht gut, wenn Hel dich in Begleitung einer Elfe sieht. Den Weg musst du alleine gehen."

„Und was ist mit Naira?", fragte Gilby.

„Da kann man nichts machen, wenn deine Fylgja dich begleiten will. Lass sie gewähren und vertreibe sie nicht."

Skidbladnir setzte sanft am Fuß des Berges auf. Gilby schwang sich hinunter, Ylva und die Fylgja folgten.

„Ich nehme das Schiff aber mit", bestimmte Gilby und faltete es zusammen.

„Schon gut, ich brauche es hier nicht." Mit diesen Worten setzte Ylva sich auf den Schnee und brachte ihren Körper zum Leuchten.

„Hilft Hexen- oder Teufelsmehl bei der Hel?"

„Weder noch. Nur Glück und Verstand. Also streng dich an."

Gilby schaute den Berg hinauf. Er war sehr hoch und steil. Zudem war er von einer Eisschicht überzogen. Er ging ein paar Schritte und fand einen Einschnitt. Dort bildete das Eis kleine Blöcke, auf die er treten konnte. Er zog sein Schwert und hieb es in das Eis, um sich daran hochzuziehen. So hangelte er sich beschwerlich hinauf. Die Fylgja flog um ihn herum. Er wusste ihre Gegenwart immer noch nicht zu deuten. Aber bei Nidhögg hatte sie ihm geholfen und so beschloss er, ihr Dasein positiv zu sehen. Außerdem war sie irgendwie immer noch Naira. Ach, wie sehr er ihr bissiges *Nordjunge* vermisste.

Der Totengöttin war nicht entgangen, dass ein Schiff durch ihr Reich flog. Es war schließlich nicht zu übersehen. Hel wartete bereits an der großen Pforte ihrer Halle. Gilby erschrak bei ihrem Anblick. Eine Seite ihres Gesichts sah schwarz und tot aus, die andere hell und jung. Ein Auge schaute leer, das andere beäugte erst ihn skeptisch, dann überrascht die Fylgja, die sich auf Gilbys Schulter nieder gelassen hatte.

„Ein Lebender mit seinem Schutzgeist in meinem Reich? Was soll mir das sagen?" knirschte Hel.

„Ich habe mich verlaufen", piepste Gilby.

„Man verläuft sich nicht nach Niflheim, es sei denn, man ist des Todes. Sprich! Was willst du hier?"

Gilby überlegte kurz. Ylva hatte gesagt, die Hel sei gerecht und straft Verbrecher. Lügen ist auch ein Verbrechen. Also beschloss er, die Wahrheit zu sagen.

„Ich musste in Nidhöggs Höhle, weil ich Vidars Schuh brauchte. Den Schuh habe ich." Gilby hielt den Schuh, der an seinem Gürtel baumelte, demonstrativ hoch. „Dann konnten wir nicht mehr zurück und sind weiter durch die Höhle und jetzt sind wir hier und ich bitte dich, uns aus Niflheim heraus zu bringen."

„Was redest du für wirres Zeug? Und wer ist *wir*? Deine Fylgja und du?"

Gilby merkte, dass er sich verplappert hatte, blieb aber bei der Wahrheit.

„Die Fylgja auch, da kann ich nichts machen. Aber auch Ylva. Das ist meine Gefährtin, eine Elfe. Sie wartet unten am Berg."

Hel lachte klirrend. „Was für ein apartes Gespann. Wie konntet ihr an Nidhögg vorbei, ohne gefressen zu werden."

„Mit der Magie der Rune Algiz."

Das lebendige Auge der Göttin wurde zu einem Schlitz, während das andere groß und rund in die Leere starrte. „Habt ihr meinen Drachen getötet?", fragte sie mit einem gefährlichen Unterton.

„Nein, nein." Gilby hob abwehrend die Hände. „Er stand nur unter der Magie der Rune. Der Zauber ist vorbei und Nidhögg geht es sicher gut. Deswegen konnten wir auch nicht zurück."

„Ich glaube dir", verkündete Hel zu Gilbys Überraschung. „Trotzdem dürfen Lebende mein Reich nicht betreten. Aber vielleicht lebst du nicht mehr lange", bemerkte sie süffisant mit Blick auf die Fylgja. „Dann bist du schon hier und musst nicht mehr umständlich über die Brücke."

Gilby schaute unwohl auf seine Fylgja, die weiter auf seiner Schulter verweilte und offensichtlich bester Laune war. Jedenfalls putzte sie sich in erstklassigen Verrenkungen die Flügel.

„Ich will nicht sterben. Ich bin doch noch ein Kind", sagte Gilby in der Hoffnung, Erinnerungen bei der Hel an ihre Kindheit zu wecken.

„Ist ja schon gut, Junge", gab Hel besänftigend von sich. „Es ist ja nur so, dass sich der Schutzgeist erst kurz vor dem Tod eines Menschen zeigt."

Gilby weigerte sich, diese Worte aufzunehmen. Und doch fing er an zu bibbern. Vielleicht war es auch nur die Kälte, die ihn ergriff und den Platz der Hitze des Aufstiegs einnahm.

Hel sah das Schlottern des Jungen. „Du frierst. Komm in meine Halle und erzähle mir deine Geschichte. Dann entscheide ich, wie ich mit dir verfahren werde."

Gilby wollte die Möglichkeiten lieber nicht wissen und folgte der Totengöttin notgedrungen. Viel wärmer war es in der Halle auch nicht. Einige Fackeln brachten etwas Licht in die Dunkelheit. Hel geleitete Gilby zu einer langen Tafel, klatschte in die Hände und es wurden Speisen von einer Magd und einem Knecht aufgetragen. Tatsächlich verspürte er Hunger und griff zu. Hel ließ ihn essen. Die Fylgja flatterte vergnügt durch die Halle. In der Dunkelheit hob sich ihr kristallenes Leuchten hervor.

„Nun erzähle", forderte Hel den Jungen auf, als er fertig gegessen hatte. „Von Anfang an."

Und Gilby erzählte der Göttin seine Geschichte, angefangen bei Ägir, der seinen Vater in das Meer zog. Er ließ nichts aus und Hel hörte andächtig zu. Als er von Loki und Fenris berichtete, meinte er, Gemütsregungen bei Hel wahrzunehmen. Doch sie unterbrach ihn nicht. Als er fertig war, schaute er Hel gespannt an. Er sah, dass die lebendige Seite ihres Gesichtes lächelte.

„Wer wäre ich, dem Befreier meines Bruders nicht zu helfen. Und ich bin sehr neugierig, wie du das Odin verkaufen willst. Ich werde dich persönlich aus Niflheim bringen. Doch musst du mir etwas versprechen."

„Oh nein, nicht schon wieder", dachte Gilby. Was wollte die Göttin denn jetzt von ihm?

„Was soll ich dir versprechen?", hakte er nach.

„Dass du den Weg über die Jenseitsbrücke zu mir finden wirst, wenn du eines Tages stirbst. Ich möchte dich in meinem Reich aufnehmen. Und dafür darfst du nicht als Krieger sterben."

Gilby raufte sich den roten Schopf. Wenn er groß ist, wollte er Krieger werden. Und käme in Odins Walhall, sollte er im Kampf fallen. So dachte er kürzlich noch. Doch jetzt wusste er mehr. Wenn er sich nichts zu Schulden kommen ließe, hätte er bei der

Hel ein feines Dasein. Vielleicht dürfte er sogar Tiere halten.

„Wenn ich bei dir Tiere haben darf", setzte er seinen Gedanken als Bedingung um.

Hel schmunzelte. „So viel du willst."

„Übrigens…", fuhr sie mit einem Auge zwinkernd fort. „Ich weiß jetzt, warum sich deine Fylgja dir zeigt."

„Oh, sagst du es mir?" Gilby platzte fast vor Spannung.

„Nein. Es ist nicht meine Sache und du wirst es noch erfahren. Aber du hast nichts zu befürchten. Soviel kann ich dir sagen."

Damit war Gilby nicht besonders geholfen. Er hatte sich selbst schon von dem Gedanken verabschiedet, dass die Fylgja seinen Tod ankündigte.

„Sollen wir los?", fragte Hel.

„Oh ja, wie?" wollte Gilby wissen.

„Auf Helhesten."

„Wer oder was ist das?"

„Mein Totenpferd. Damit hole ich die Toten, die es nicht nach Niflheim schafften."

„Igitt, nee, ich setze mich nicht auf so ein Pferd", wehrte Gilby ab.

Doch Hel stand schon mit dem Jungen vor der Halle und pfiff. Schnaubend und ekelhaft wiehernd als hinge es in den letzten Zügen, galoppierte ein graues Pferd, dem die Rippen hervor standen, auf drei Beinen heran. Die Mähne und der Schweif waren strähnig und klebrig, als käme es direkt aus dem Sumpf.

„Niemals", rief Gilby und erntete den ermahnenden Blick Hels.

Die Fylgja flog auf den Rücken des Pferdes und schien erfreut.

„Siehst du?", frohlockte Hel. „Deine Fylgja findet Helhesten in Ordnung."

„Na gut", gab Gilby sich geschlagen, obwohl ihm überhaupt nicht wohl dabei war. „Wahrscheinlich fliegt es auch?", befürchtete er.

„Natürlich."

„Oh, ich habe doch Skidbladnir. Damit können wir doch auch…", fiel ihm hoffnungsvoll ein.

„Überlege wo du bist und wie du hier hinein gelangtest. Ich nehme nicht an, dass so ein großes Schiff es durch die engen Höhlengänge schafft", antwortete Hel spitz.

„Aber das Pferd ist auch nicht gerade klein", konterte Gilby.

Hel schüttelte genervt den Kopf. Die Haare ihrer lebendigen Seite flogen dabei wild, während die auf der anderen Seite schlaff vom Kopf hingen.

„Darum mach dir mal keine Sorgen. So, hör auf zu diskutieren, bevor ich es mir anders überlege und dich hier behalte."

Gilby gab sich geschlagen und ließ sich von Hel auf das Pferd helfen. Er rümpfte die Nase. Das Pferd roch ekelerregend.

„Ylva", fiel ihm ein. „Wir müssen Ylva mitnehmen."

„Wir reiten an ihr vorbei. Sie kann ja mitkommen, wenn sie will", antwortete Hel gleichgültig.

Helhesten flog ruppig den Berg hinunter und Gilby klammerte sich an Hel fest. Sein Gesicht hatte er zu ihrer toten Seite gewandt und drehte sofort angewidert den Kopf. Die Seite roch ebenso eklig wie das Pferd.

Unten am Berg setzte das Pferd forsch auf, dass Gilby fast herunter geflogen wäre. Er bedauerte, bei Hel so viel gegessen zu haben. Sein Magen erweckte den Eindruck, als wolle er sich des Inhalts entledigen.

Ungleichmäßig galoppierte der Gaul auf seinen drei Beinen über den Boden. Ylva wartete bereits flatternd und ließ sich hinter Gilby nieder.

„Hast scheinbar alles gut gemacht bei der Hel", lobte sie. „Aber bei dem Transportmittel hättest du gerne etwas wählerisch sein können."

Gilby antwortete nicht auf ihren Spott. Zu sehr war er mit seinem Mageninhalt beschäftigt, als Helhesten sich wieder in die Luft erhob. Nach der Dunkelwelt wartete Gilby auf die wundervolle grüne und blühende Vielfalt des Hinweges. Doch sie kam nicht. Helhesten nahm Kurs auf einen riesigen Berg, um kurz darauf in einen Spalt einzutauchen, der gerade groß genug für ihn war. Polternd flog er hindurch und Gilby zog den Kopf ein. Hinter sich hörte er Ylva ein Melodie summen. Naira oder seine Fylgja fand Lücken, um hindurch zu schwirren. Soweit Raum war, flatterte sie dabei fröhlich wie ein Schmetterling auf und ab.

In seinem nächsten Leben wollte er eine Elfe sein, beschloss Gilby in diesem Moment.

Dann stoppte Helhesten. Sie befanden sich vor einem Gitter, das von einem Wesen, welches Gilby in keiner Weise deuten konnte, bewacht wurde. Es war eine runzelige Gestalt mit grauen, strähnigen Haaren, die wie Spinnweben bis auf den Boden krochen und sich dort zuckend hin und her bewegten.

„Öffne", brüllte Hel.

Die Gestalt öffnete das Gitter und verbeugte sich tief, als Helhesten hindurch trampelte. Gilby vernahm, wie sich das Gitter laut quietschend hinter ihm schloss. Und er hörte Schreie. Fürchterliche

Schreie, die ihn durch Mark und Bein erschütterten. Alle Pein der Welt musste hier versammelt sein.

„Halt dir die Ohren zu", wisperte Ylva. „Es sind die Toten, auf die dauerhaft das Schlangengift gespien wird."

Gilby wünschte sich, diesen Ort so schnell als möglich wieder zu verlassen. Doch Hel schien noch etwas verweilen zu wollen. Sie sprang vom Pferd und schaute durch die kleinen vergitterten Fenster der Halle, aus dem die Schreie kamen. Endlich kehrte sie zufrieden zurück.

„Das ist also die andere Seite der Hel", dachte Gilby. Er durfte sich in seinem Leben wirklich keinen Fehltritt leisten, um nicht den Zorn der Göttin zu erregen.

Auch die andere Seite der Grotte war vergittert und wurde von einer Kreatur bewacht, die sich ebenso verbeugte, als Helhesten passierte.

Das Totenpferd flog weiter unruhig und holprig durch die Luft, hinweg über Eis und Schnee. Gilby befürchtete, der Gaul könne jeden Moment abstürzen.

„Wo bringst du uns eigentlich hin?", erkundigte Gilby sich bei Hel.

„Ans Ende von Midgard. Dorthin, wo du deine Welt verlassen hast."

Wäre Helhesten nicht, hätte Gilby gefragt, ob Hel ihn nicht direkt nach Yggdrasil bringen könnte. Aber darauf verzichtete er und würde lieber Skidbladnir nehmen.

Die Landschaft unter ihnen veränderte sich. Eis und Schnee wichen dunklem Wald. Gilby erkannte Jötunheim. Sie müssten bald da sein. Er freute sich auf seine Heimat.

Helhesten landete so unsanft, dass Gilby herunter fiel. Ylva und die Fylgja folgten fliegend.

„Danke", sagte Gilby zur Hel.

„Wir sehen uns wieder", antwortete sie, zog am Zügel und Helhesten setzte ungelenk zum Flug an.

„Grüße meinen Vater von mir", rief sie Gilby noch zu.

Gilby winkte der Hel nach, bevor er Skidbladnir entfaltete.

„Du kommst doch weiter mit?", fragte er Ylva.

Ylva schüttelte den Kopf. „Du brauchst mich in Midgard nicht mehr. Ich gehe zurück in meine Heimat, nach Lichtalbenheim."

Gilby sah sie unglücklich an und schaute dann auf seine Fylgja, die vor ihm hockte und keine Anstalten machte, sich auf das Schiff zu bewegen. Wie zerbrechendes Kristall löste sich der Schutzgeist auf und war nicht mehr zu sehen.

„Das zweite Mal, dass Naira geht, ohne sich zu verabschieden", sagte Gilby traurig. „Und du verlässt mich auch."

„Naira geht nicht. Sie ist dein Schutzgeist und immer bei dir. Du siehst sie nur nicht mehr und das ist gut so."

„Hmmm...", grummelte Gilby nur. Er war traurig. Naira war etwas ganz Besonderes für ihn geworden. Als hätte Ylva seine Gedanken gehört, fügte sie hinzu: „Du hast eine ganz besondere Fylgja. Darauf kannst du stolz sein."

„Ich werde sie wohl nur noch einmal sehen - wenn ich wirklich sterben muss."

„Mag sein. Aber wir sehen uns bestimmt vorher wieder", tröstete Ylva den Jungen.

„Du hast mir noch nicht erzählt, weshalb du bei Angurboda warst", fiel Gilby ein.

„Ich war ihr Spielzeug. Weißt du doch", neckte Ylva ihn.

„Ach komm, da war doch noch etwas anderes", forschte Gilby nach.

„Ich war auch ihre Schülerin und lernte von ihr die Bannkunst und Zauberei."

„Oh, deswegen konntest du den Drachen erstarren lassen?"

„Ganz genau. Ich gehe jetzt. Alles Gute, Gilby", verabschiedete sich Ylva.

„Danke für alles, Ylva. Du bist die beste Gefährtin, die man sich wünschen kann. Auch wenn du so klein bist", fügte er augenzwinkernd hinzu.

Dann begab er sich auf das Schiff.

„Yggdrasil", befahl Gilby euphorisch.

Seine Mission ging weiter. Ihm stand noch eine schwere Aufgabe bevor.

Zurück in Midgard

Eine Fliege setzte sich auf Gilbys Nase.

„Loki", rief er erfreut aus und der Feuergott nahm seine menschlich-göttliche Gestalt an.

„Was ist mit dir?", fragte Gilby. „Du schaust unglücklich aus."

„Ich habe Ärger mit Odin", antwortete Loki. „Er hat gemerkt, dass ich Sleipnir nahm und denkt jetzt doch, dass ich mit der Befreiung des Fenris zu tun habe."

„Hast du ja auch", antwortete Gilby keck. „Und das mit Sleipnir hättest du mir sagen müssen. Ich weiß inzwischen von Ylva, dass du Odin das Pferd geschenkt hast."

„Ich hab es mir nur ausgeliehen und es wieder in seinen Stall gebracht. Ich konnte Odin doch nicht sagen, wofür ich Sleipnir brauchte."

„Mag sein. Aber so ist es auch nicht besser. Und jetzt?", fragte Gilby.

„Odin sucht mich oder lässt mich suchen. Ich fürchte, es geht nicht gut für mich aus, wenn er mich findet. Deswegen bin ich auf der Flucht."

„Was dir ja als Fliege oder anderem Getier nicht schwer fallen dürfte", lästerte Gilby.

Loki schaute den Jungen böse an. „Das ist nicht witzig."

„Sicher nicht", entgegnete Gilby. „Ich muss jetzt selbst erstmal Odin treffen und ihm den Schuh übergeben. Das wird auch für mich nicht witzig, da Odin weiß, dass Fenris frei ist."

„Stimmt. Viel Glück, Gilby. Wir sehen uns", verabschiedete Loki sich.

„Halt!", rief Gilby. „Deine Tochter lässt dich grüßen."

„Hel?"

„Ja."

„Du warst bei Hel?", fragte Loki verdutzt.

„Ja, ich hatte keine andere Wahl."

„Und sie hat dich aus ihrem Reich frei gegeben?"

„Sie hat mich sogar nach Midgard gebracht. Ich musste ihr versprechen, wieder zu kommen. Wenn ich gestorben bin."

„Und das willst du?"

„Ja. Wenn ich nichts Schlimmes anstelle, werde ich es gut bei ihr haben. Ich darf sogar Tiere halten", freute Gilby sich. „Ich mag Hel", fügte er hinzu. „Es gibt gar keine Menschen, die so von meiner Tochter reden. Was bist du nur für ein besonderer Junge?", stellte Loki beeindruckt fest.

„Ich bin nicht besonders. Ich hab nur viel über Hel erfahren, was ich nicht wusste. Und ich lernte sie kennen. Sie ist sehr gütig. Naja, ihre tote Seite muss man eben nicht beachten und besser nicht daran riechen." Gilby rümpfte die Nase und Loki lachte herzhaft.

„Jetzt weiß ich, wo ich erstmal hingehe. Zu meiner Tochter", sprach Loki und eine Fliege flog davon.

Skidbladnir setzte sanft unter den Ästen Yggdrasils auf. Gilby schwang sich über die Planken und sprang auf den Boden. Er sah sich um. Er vermisste seine Fylgja. Oder doch Naira?

Der Wächtergott Heimdall wartete bereits an der Regenbogenbrücke. Seinen Augen war nicht entgangen, dass ein Schiff über Midgard flog.

„Odin ist unterrichtet und wird gleich hier sein", sagte er.

Kurz darauf sah Gilby die Götter kommen. Es waren Odin, Thor, Tyr und Uller. Sie versammelten sich auf dem Thingplatz. Thor hatte außer Mjölnir ein gefülltes Trinkhorn dabei und ölte seine Kehle.

Gilby beschloss, nicht zu warten, bis einer der Götter sprach, sondern ergriff selbst das Wort. Er löste Vidars Schuh von seinem Gürtel und hielt diesen Odin hin.

„Bitte sehr, Odin. Vidars Schuh. Jetzt bist du dran. Bringe mich zu meinem Vater."

Während Uller anerkennend nickte, runzelte Odin nur die Stirn und zwirbelte an seinem Bart.

„Pah...", schimpfte er. „Was soll ich denn jetzt noch mit Vidars Schuh. Fenris ist frei und verschwunden. Da steckt wieder Loki hinter, der auch weg ist. Erwische ich diesen Schmarotzer, reiße ich ihn in Stücke und werfe ihn seiner Tochter, der Midgardschlange, zum Fraß vor."

Gilby blieb ruhig, obwohl ihn die Worte wütend machten. So kann doch kein Allvater, der oberste aller Götter, sprechen.

„Was bedeutet es für dich, dass Fenris frei ist?", fragte Gilby scheinheilig.

„Das fragst du noch, Nordjunge? Die Prophezeiung kann nicht erfüllt werden."

Gilby grinste in sich hinein, schaute Odin aber mit unbewegter Miene an.

„Welche Prophezeiung meinst du, Odin? Ragnarök?"

„Ragnarök wird eintreten. Der Fenriswolf wird auftauchen und mich zerfleischen. Aber Vidar wird keine Chance haben, mich zu rächen. Behalt den Schuh, Junge. Er ist wertlos."

Gilbys Zunge verselbständigte sich: „Ja, Ragnarök wird eintreten. Aber nur, wenn ihr Götter euch weiter so ungerecht und grausam gleichgültig benehmt. Wenn ihr hinterlistig und gemein handelt, wie mit dem Fenriswolf. Wenn ihr regiert, ohne zu hinterfragen, ohne nach anderen Möglichkeiten zu schauen und wenn ihr eure Toten in Walhall und Folkwang zu Kriegern heran züchtet, die sich tagein und tagaus nieder metzeln."

Odin stutze verdutzt. Dann stieg ihm die Zornesröte ins Gesicht.

„Du wagst es, so mit mir zu sprechen?", erhob er die Stimme.

„Ja, das wage ich", plumpste es Gilby einfach aus dem Mund. „Ich bin ein Junge, erst zwölf Winter alt. Und mir wurden unlösbar erscheinende Aufgaben gestellt, weil ihr Götter zu feige seid. Mehrmals stand ich auf der Schwelle ins Jenseits, die ihr euch erspart habt."

Uller nickte zustimmend, Tyr kratze sich die Wange, Thor nahm einen ordentlichen Schluck und Odin japste nach Luft.

Gilby nutze die Verblüffung und fuhr unbeirrt fort: „Außerdem, Odin, bemängelst du nur, dass Vidar deinen Tod nicht rächen kann. Der Weltenuntergang scheint dich ebenso wenig zu interessieren wie dein Tod durch Fenris. Dabei hast du es in der Hand, beides zu verhindern."

„Du redest Schwachsinn, Junge", zürnte Odin. „Fenris ist frei. Er wird wahrscheinlich noch vor Ragnarök alles verschlingen. Einschließlich dumme Nordjungen."

„Du bist ja kein schlechter Gott", entgiftete Gilby die Situation. „Du gabst der Hel ihr Reich, in welchem sie nach ihrer Gesinnung leben kann. Ja, ich weiß, das hast du nur gegen Sleipnir getan. Für Fenris bot dir niemand etwas. Deswegen musste er leiden. Findest du das richtig?"

„Du hast keine Ahnung, Junge. Fenris wurde so groß und hungrig, dass wir jeden Tag zehn ausgewachsene Ochsen an ihn verfüttern mussten."

„Genau das meine ich. Du gibst nur, wenn du für dich einen Vorteil daraus schlägst. Doch lassen wir das. Du wolltest Vidars Schuh. Und den halte ich in meiner Hand. Ich habe nicht versprochen, dir den Schuh zu bringen. Aber ich versprach, meinen Vater zurück zu holen. Darauf leistete ich den Eid. Den Schuh verlangtest du als Bedingung für deine Hilfe. Ich erwarte, dass du ihn nimmst und mich zu meinem Vater bringst. Das ist der Vorletzte Teil meines Eides. Ich werde dann dafür sorgen, dass mein Vater wieder nach Midgard zu meiner Mutter kommt. Hindere mich nicht, meinen Eid zu erfüllen und denke ausnahmsweise auch mal an andere."

Tyr mischte sich in das Gespräch: „Der Junge hat Recht. Ich als Gott des Things und Rechts befehle, dass Gilby zu seinem Vater gebracht wird."

Uller nickte wohlwollend. „Der Junge war großen Belastungen zur Erfüllung des Eides ausgesetzt. Oft schaute er dem Tod in die Augen, wie ihm auch durch die für ihn sichtbare Fylgja gezeigt wurde. Er kämpfte mit allen Mitteln, um den Eid zu erfüllen. Noch hat er es nicht ganz geschafft. Aber du, Odin, darfst ihn nicht daran hindern."

Gilby stutze, als Uller die Fylgja ansprach. Woher wusste er das? Doch jetzt war keine Zeit, dies zu klären.

Odin senkte sein Haupt. Er musste sich wohl geschlagen geben. Offensichtlich waren alle gegen ihn. Nur sein Sohn Thor hatte sich enthalten. Der war lieber mit seinem Trinkhorn beschäftigt. Dessen einzige Beteiligung zeigte sich in Rülpsern.

„Nun gut", sagte Odin. „Ich werde veranlassen, dass du zu deinem Vater gelangst, um deinen Eid zu erfüllen. Vielleicht ist es auch für mich ganz gut. Mir ist schon lange die Konkurrenz der Ran ein Dorn im

Auge, mir Krieger für Walhall weg zu nehmen. Wer weiß, was du kleiner Nordjunge da noch ausrichten wirst."

Gilby sagte nichts dazu. War klar, dass Odin wieder nur auf seinen eigenen Vorteil bedacht war.

„Wie werde ich zu meinem Vater kommen?", fragte er.

„Ich werde Freya rufen", antwortete Odin.

Bei der Meeresgöttin Ran

Gilby war nicht sonderlich erfreut, wieder in den Fängen eines Falken zu gelangen. Aber er war inzwischen Schlimmeres gewohnt.

Es dauerte nicht lange, bis Freya über Bifröst kam. Sie umarmte Gilby stürmisch, bevor sie sich ihr Falkengewand umlegte. Schon als sie die Schnalle schloss, war sie verwandelt und griff den Jungen mit ihren Krallen. Ehe er sich versah, befand er sich in Ägirs Halle. Außer Ägir war diesmal niemand dort.

„Wie schön, dich zu sehen. Darf ich für dich Essen anrichten lassen?", fragte Ägir gastfreundlich.

„Ich freue mich auch", antwortete Gilby höflich.

„Nein danke. Ich bin nicht hungrig. Ich möchte zu meinem Vater Andvari."

„Ah ja, der ist sicher bei meiner Gattin Ran. Hmmm… sie empfängt nicht gern Besuch und wird wenig erfreut sein. Ich werde sie aufsuchen. Warte hier."

Ägir verließ die Halle durch ein riesiges Tor und musste den Kopf einziehen.

Gilby wurde ganz aufgeregt. Sollte er tatsächlich gleich am Ziel sein und seinen Vater wieder sehen?

Kurz darauf erschien Ägir wieder und bat den Jungen, ihm zu folgen. Der Weg führte durch einen hohen Gang, bis Ägir ein weiteres Tor öffnete. Gilby blinzelte. Eine große Halle erstrahlte nur von dem Gold an den Wänden. Er sah Frauen in weißen Gewändern. Oder waren es Mädchen? Sie wirkten sehr jung – und schön. Eine der Frauen schritt hell und schillernd auf Gilby zu. Sie bewegte sich so sanft und wiegend wie das Meer die Wogen. Sie war sehr groß, aber wunderschön.

„Ich bin Ran", stellte sie sich vor und machte mit dem Arm eine kreisende Bewegung. „Das sind Ägirs und meine Töchter, unsere Wellenmädchen."

„Ich bin Gilby", antwortete der Junge höflich, während er schnell die Wellenmädchen zählte. Es waren neun.

„Mein Gemahl sagt, du möchtest zu Andvari?"

„Ja, es ist mein Vater."

„Dann folge mir", forderte Ran den Jungen auf.

Gilby war überrascht und gleichzeitig erfreut, nicht auf Widerstand zu stoßen. Doch sein Herz schlug ihm bis zum Hals.

Erneut liefen sie durch einen Gang und Ran öffnete ein weiteres Tor. Stimmengewirr und Lachen drang an Gilbys Ohren. Die Wände bestanden aus Korallen und Gold. Große lange Tafeln befanden sich in der Mitte, prall gefüllt mit Speisen und Getränken. Männer speisten genussvoll und stießen mit ihren Trinkhörnern an.

Dann sah Gilby Andvari. „Vater!", rief er laut und stürmte auf ihn zu. Auch Andvari erblickte seinen Sohn und sprang auf. Beide vielen sich in die Arme und Gilby bekam feuchte Augen.

„Lass dich anschauen, mein Sohn", sagte Andvari und schob Gilby etwas von sich weg. „Du siehst etwas müde aus. Aber ich sehe, du trägst das Schwert, welches ich für dich schmiedete."

„Es war eine lange und beschwerliche Reise zu dir, Vater. Das Schwert habe ich immer bei mir."

„Oh, wie freue ich mich über deinen Besuch", strahlte Andvari.

„Es ist kein Besuch, Vater. Ich möchte dich wieder nach Midgard bringen – zu deiner Frau Sirid."

Andvaris Gesichtszüge trübten sich. „Aber wie stellst du dir das vor? Das geht nicht. Ich gehöre jetzt der Göttin Ran. Und wie du siehst, geht es mir sehr gut hier. Ran gibt mir nicht nur Essen und Trinken. Sie gibt mir Seelenheil. Ran schenkte mir ein neues Leben."

Erschrocken nahm Gilby die Worte auf und wollte sie nicht wahrhaben.

„Du möchtest hierbleiben?", fragte er fassungslos.

„Ja, mein Sohn. Das möchte ich."

Gilby senkte bedrückt den Kopf. „Dann kann ich mein Versprechen nicht halten und den Eid nicht erfüllen." Tränen schossen ihm in die Augen.

Ran näherte sich wiegenden Schrittes den beiden.

„Was ist das für ein Versprechen und für ein Eid?", erkundigte sie sich.

„Ich versprach meiner Mutter Sirid, meinen Vater zurück nach Midgard zu bringen. Ich benötigte die Hilfe der Götter und schwor auf Ullers Ring den Eid, das Versprechen zu halten. Jetzt wird mich der Zorn Ullers treffen und meiner Mutter kann ich nicht mehr unter die Augen treten."

Sanft nahm Ran die Hand des Jungen und schaute auf den Reif, den er um sein Handgelenk trug. Sie strich ihm liebevoll über sein rotes Haar und sprach: „Es gibt eine Lösung."

Dann wandte sie sich an Andvari. „Wärst du bereit, noch einmal nach Midgard zu gehen?"

„Natürlich, meine Herrin. Wenn es meinem Jungen hilft."

Gilby schaute beide mit großen Augen fragend an.

„Das Trauerritual für deinen Vater hat noch nicht stattgefunden", erklärte Ran. „Deine Mutter war zu traurig, um es abhalten zu können. Erst verlor sie ihren Mann und dich glaubt sie auch tot. Ich gewähre den Ertrunkenen die Rückkehr in ihre Heimat, um dem Ritual beizuwohnen. Deines Vaters Erscheinung wird dabei sichtbar sein. Gehe zurück nach Midgard und sorge dafür, dass der Totenkult ausgerichtet wird. Bitte Uller, dass er anwesend ist. Ich hoffe, dass er den Eid als erfüllt ansehen wird. Deine Mutter wird Trost darin finden, das glückliche Gesicht deines Vaters zu sehen und froh sein, dich wieder zu haben."

Gilby hatte sich das alles anders vorgestellt. Aber er musste sich wohl damit zufrieden geben. Und es war wirklich an der Zeit, zu seiner Mutter zurück zu kehren.

„Na gut", antwortete er. „Wie gebe ich meinem Vater Bescheid, dass es soweit ist mit dem Trauerritual?"

Ran lächelte gutmütig. „Sei unbesorgt, ich werde es wissen."

Gilby ließ sich von Freya direkt in die heimatliche Siedlung bringen. Er öffnete die Tür der Hütte und fand seine Mutter Sirid auf einem Schemel sitzend. Abwesend starrte sie ins Leere.

„Mutter", brachte Gilby mit belegter Stimme hervor.

Ungläubig wendete Sirid den Kopf in seine Richtung. Sie schloss die Augen und öffnete sie gleich wieder. Dann sprang sie auf.

„Gilby", rief sie. „Bist du es wirklich?"

Sie fühlte ungläubig mit den Händen seinen Kopf und Leib ab, um ihn danach in ihre Arme zu schließen. Haltloses Weinen erschütterte ihren Körper. Auch Gilby liefen die Tränen, während er seiner Mutter über den Rücken strich.

„Es tut mir so leid, Mutter", wimmerte er. „Du hattest Recht. Ich kann Vater nicht zurück bringen."

„Ich weiß es doch, Gilby. Vater ist bei der Hel. Hauptsache, du bist wieder da, mein tapferer Junge."

„Vater ist nicht bei der Hel, er ist bei Ran."

Sirid schaute Gilby mit großen, verweinten Augen an. „Ist das wirklich wahr? Woher weißt du das?"

„Ich war dort", erwiderte Gilby. „Ich habe mit Vater gesprochen."

„Oh, mein Odin", rief Sirid aus und fasste sich ans Herz. „Dann hat Ran ihn in ihr Reich aufgenommen."

Sirid hielt ihre Arme und den Blick nach oben, als wollte sie Odin danken.

Gilby verkniff sich die Bemerkung, dass seine Meinung über den Göttervater reichlich ins Wanken gekommen war.

„Ich konnte dir Vater zwar nicht zurück bringen, aber du sollst ihn noch einmal sehen dürfen. Es ist an der Zeit, den Totenkult für Vater zu richten."

„Oh, mein Junge", rief Sirid überwältigt aus. „Das wollen wir schleunigst tun. Ich schäme mich so sehr, dass ich es die ganze Zeit nicht konnte."

„Es ist doch gut so, Mutter", erwiderte Gilby. „Jetzt können wir es gemeinsam machen."

Die folgenden Tage waren von emsigen Treiben geprägt. Alle Bewohner der Siedlung halfen mit, den Totenkult für Andvari vorzubereiten. Aus Ästen wurde ein Floß gebaut und aus Stroh eine Formung, die den Körper Andvaris symbolisierte. Gilby pflückte bunte Wiesenblumen und schmückte das Totenfloß.

Das Ritual sollte nach einem Mond stattfinden. Nun musste Gilby nur noch Uller informieren. Gekrächze kam ihm zu Hilfe. Er winkte die Raben zu sich herab, die sich auf seinen Schultern niederließen.

„Hugin und Munin", sprach Gilby. „Sagt Odin bitte, er möge nach einem Mond Uller zu mir in die Siedlung schicken."

Die Raben flatterten mit den Flügeln, pickten Gilby ans Ohr und flogen krächzend davon.

Am nächsten Tag erschien Uller in Begleitung von Tyr. Die Siedler verbeugten sich tief, als die Götter vorbei schritten.

„Ich nehme an, es geht um den Eid, dass du nach mir verlangtest", sprach Uller. „Deswegen begleitet mich Tyr als Gott des Rechts."

„Ja, es geht um den Eid. Ich kann mein Versprechen nicht halten", gab Gilby zerknirscht, aber ehrlich zu. „Doch heute wird der Totenkult für meinen Vater abgehalten und meine Mutter darf ihn noch einmal sehen. Wird das reichen?"

Uller und Tyr schauten sich etwas ratlos an.

„Du hast deiner Mutter versprochen, deinen Vater zurück zu holen und auf dieses Versprechen den Eid geleistet", mahnte Uller.

„Ja, ich weiß", gab Gilby mit gesenktem Kopf zu. „Aber ich konnte nicht ahnen, dass mein Vater bei Ran bleiben möchte."

„Dein Vater hat es in das Reich der Ran geschafft?", fragte Uller überrascht.

„Ja, und er möchte dort bleiben", jammerte Gilby.

„Wen wundert's. Nicht jedem Ertrunkenen ist es vergönnt, Einlass in ihr Reich zu erhalten."

Tyr ergriff das Wort: „Wir sollten uns das ansehen, bevor wir entscheiden."

Uller nickte zustimmend.

Dann war es soweit. Siedler trugen das Totenfloss zum Meer, Gilby, seine Mutter, Uller und Tyr folgten. Mit einem Drachenboot wurde das Floß auf das Meer hinaus gezogen. Gilby schoss mit einem Bogen eine brennende Fackel auf das Floß. Das trockene Stroh fing sofort an zu brennen. Alle Anwesenden sangen zu Ehren Andvari ein Lied.

Auf dem ruhigen Meer bildeten sich leichte Wellen, die das brennende Floß schaukeln ließen. Neun Wellenmädchen spielten auf den Wogen. Sie trugen weiße Umhänge auf ihren Häuptern und waren eins mit den Schaumkronen. Eine große Welle rollte heran, auf welcher Ran erschien. Sie stand darauf, um gleich darauf hindurch zu tauchen. Ihr Körper endete in einem Fischschwanz.

Plötzlich zeigte sich auf der Welle die Gestalt Andvaris – verschwommen und geisterhaft, aber alle sahen sein glückliches Lächeln.

Sirid fiel auf die Knie und winkte ihrem Gatten zu. Andvari hob die Hand zu einem letzten Gruß, bevor ihn das Meer wieder verschluckte.

„Ran", rief Sirid. „Ich danke dir für die Gunst, meinen Gemahl in dein Reich aufgenommen zu haben. Und ich danke dir, dass ich ihn noch einmal sehen durfte."

Ran und die Wellenmädchen versanken wieder im Wasser. Das Meer wurde ruhig und nur ein schwaches Glühen in der Ferne erinnerte an den Totenkult.

Die Trauergemeinde löste sich auf. Uller und Tyr zogen sich zur Beratung zurück. Gilby begleitete seine Mutter in die Hütte. Sirid war von ihrer Last erlöst. Dann begab sich Gilby wieder nach draußen, um auf die Entscheidung der Götter zu warten.

Nervös trat er von einem Bein auf das andere, als er Uller und Tyr kommen sah.

„Du hast das Versprechen nicht halten können, doch dies ist nicht deine Schuld", verkündete Uller. „Ich sah, dass du dich großen Gefahren stelltest, um den Eid zu erfüllen. Einige hätten dich fast das Leben gekostet, wären da nicht Ylva und deine Fylgja gewesen. Ich musste deinen Schutzgeist für dich sichtbar machen, auch wenn es dir Angst einflößte. Doch die Fylgja warnte dich oder sorgte für dein ruhiges Gemüt durch ihre Stimmung."

„Du hast die Fylgja sichtbar gemacht?", fragte Gilby überrascht.

„Ja, ich musste dir helfen."

Gilby wuschelte sich seinen roten Schopf. Er war versucht, Uller zu bitten, ihm Naira noch einmal zu zeigen. Doch er ließ es bleiben.

„Ich erkenne deinen Eid als erfüllt an", fuhr Uller fort. „Tyr hat meine Entscheidung bestätigt. Du darfst den Ring weiter tragen – als Symbol für deine Vertrauenswürdigkeit."

Gilbys Herz hüpfte vor Freude. „Danke", brachte er nur hervor.

„Sei stolz auf dich, Gilby. Ich bin es", lobte Uller.

Gilby senkte den Kopf. Ihm stand noch eine unangenehme Aufgabe bevor. „Kannst du Odin sagen, dass ich ihn sprechen möchte?", fragte er.

„Natürlich. Wann und wo?"

„Nach einem Mond hier in der Siedlung." Gilby wollte es schnell hinter sich bringen.

Odin und die Prophezeiung

Ein Wanderer streifte durch die Siedlung. Gilby bat ihn, mit ihm ans Meeresufer zu gehen. Dort seien sie ungestört. In das Geschrei der Möwen mischte sich das Krächzen zweier schwarzer Raben.

„Du möchtest dich wohl bei mir entschuldigen", bemerkte Odin. „Warum sonst solltest du nach mir verlangen?"

„Ich möchte, dass du Loki in Ruhe lässt", kam Gilby direkt zur Sache.

Odins Miene verfinsterte sich. „Ich denke nicht daran. Loki befreite den Fenriswolf. Dafür wird er büßen."

„Ich war es, der den Wolf befreite", platzte es Gilby mutig heraus.

Odin stutzte zunächst, fing laut an zu lachen und schaute Gilby danach zornig an.

„Was nimmst du dir heraus, mir solche Geschichten aufzutischen?"

Gilby hob seinen Arm, den Ullers Ring zierte. „Uller hat bestätigt, dass ich den Eid erfüllte. Der Ring zeigt allen, auch dir, dass mir vertraut werden kann. Ich lüge nicht, Odin."

Odin wendete sich ab und ging nachdenklich ein paar Schritte, um dann zu Gilby zurück zu kehren.

„Hmmm...", murmelte er. „Tatsächlich war Loki in der Nacht zu Fenris Befreiung bei mir. Wir unterhielten uns und tranken Met. Doch Loki nahm sich auch unerlaubt Sleipnir. Und das Pferd ist schneller als der Wind."

„Es war sicher nicht rechtens, sich Sleipnir ohne deine Zustimmung zu nehmen. Du wolltest Loki bitten, dass er mir hilft, Ylva zu befreien. Vielleicht dachte er, ich sei schon dort und er wollte schnell zu Angurboda gelangen."

„Tatsächlich unterhielten wir uns auch darüber und ich bat ihn eindringlich, dir zur Seite zu stehen", erinnerte Odin sich.

„Siehst du."

Odin schüttelte ratlos den Kopf. „Wie konntest du es schaffen, die Bestie zu befreien ohne gefressen zu werden? Und vor allem: Warum, Gilby?"

„Lachtest du mich nicht aus, als ich dir sagte, man müsse die Prophezeiung ändern? Ich habe den ersten Schritt getan. Der Rest liegt an dir, Odin. Du bist der Allvater und hast die Macht, Ragnarök zu verhindern statt voranzutreiben."

Nach diesen Worten wendete Gilby sich ab und ging in seine Siedlung zurück.

Er ließ einen nachdenklichen Wanderer zurück, der dem Jungen noch lange hinterher schaute. Zwei Raben saßen still auf seinen Schultern.

Nachspann

Sturm war inzwischen aufgekommen, während Alex der Geschichte ehrfürchtig und voller Spannung gelauscht hatte. Schwarze Gewitterwolken verdunkelten den Himmel und grollten vor sich hin. Alex erwischte sich dabei, nach dem Donnergott und seinem Wagen Ausschau zu halten. Dann blickte er gebannt auf das Ausflugsschiff, welches eilig Kurs auf den sicheren Hafen nahm – als erwartete er, dass es jeden Moment von Riesenklauen in die Tiefe gezogen wird.

Kleiner Anhang für Interessierte

Der Name *Egidor* bedeutet Fluttor oder Schreckenstor. Wahrscheinlich entstand hieraus der Name *Eider*, dem längsten Fluss Schleswig-Holsteins. Die Entwicklungsstufen zum heutigen Namen lassen sich über die Benennungen *Egidorae, Eydori* und *Eidera* herleiten.

Das Eidersperrwerk am Schreckenstor ist das größte Küstenschutzbauwerk Deutschlands. Es wurde von 1967 bis 1973 errichtet. Erst mit der Fertigstellung wurde der Schrecken der Eidermündung beendet.

Ägir war endlich in Rente gegangen☺

Der Unterwasserpalast des Meeresriesen *Ägir* befand sich in der Nähe der Insel Hlésey. Dies ist die heutige dänische Insel Läsö im Kattegat.

Vielleicht hält Ägir dort auch heute noch seine Trinkgelage ab. Wenn ihr dort Ferien macht, haltet die Augen auf ☺

Wenn ihr die Ferien auf der nordfriesischen Insel Sylt verbringen solltet, fahrt auch mal nach Rantum. Dort könnte euch die Meeresgöttin *Ran* begegnen. Rantum bedeutet *Heim der Ran*.

Auch der *Dänische Wohld* könnte spannend sein. Es ist ein Waldgebiet auf einer Halbinsel zwischen der Eckernförder Bucht und Kieler Förde in Schleswig-Holstein. Dieser Wald nannte sich früher Jarnwith/Jarnwidr oder Isarnho und bedeutet *Eisenwald*. Mit dem Namen verbindet man einen undurchdringlichen, dichten Urwald, in dem es nicht geheuer zugeht. Alte Überlieferungen bringen den heutigen Dänischen Wohld mit dem früheren Eisenwald der Mythologie in Verbindung.

Also nehmt euch dort in Acht vor der Riesin *Angurboda*.

Vielleicht findet ihr im Wald auch *Drudenkraut*. Andere Namen sind Schlangenmoos, Drudenfuß, Gichtmoos, Wolfsfuß und noch einige Weitere. Der offizielle Name lautet jedoch *Bärlappe*. Die Sporen werden schon seit langem für pyrotechnische Effekte benutzt. Heute werden sie gerne von Feuerspuckern statt brennbarer Flüssigkeiten verwendet.

Durch den östlich in Schleswig-Holstein gelegenen Eisenwald wird *Asgard*, der Sitz der Götter, westlich angenommen und zwischen der Halbinsel Eiderstedt und der Insel Helgoland lokalisiert.

Wundert euch nicht, wenn sich himmelwärts über der Nordsee goldene Paläste zeigen oder die Regenbogenbrücke Bifröst sichtbar wird, wenn Regen und Sonne zusammen treffen.

Algiz ist im älteren Futhark (germanische Runenreihe) die fünfzehnte Rune. Es soll sich um den Fußabdruck des Raben Hugin handeln, dem man große Macht zuschrieb. An Hugin und seinem Herrn Odin glauben wir heute nicht mehr (oder etwa doch?), der Glaube an die Kraft der Runen ist dagegen bei vielen Menschen bis heute geblieben. Und Runen sind ebenso modern wie sie alt sind. Deshalb können Runen eine einzigartige und fantastische Verbindung der alten Götterwelt mit der heutigen Zeit herstellen.

Die ersten Runen schnitzte man in Stäben der Buche. Deshalb heißen die Zeichen unseres Alphabetes *Buchstaben*.

Vielleicht hört auch ihr das Raunen der Runen – so wie unser Nordjunge Gilby.